Der Autor

ANTON HINLEGEN heißt die Figur, mit der WENDELIN HAVERKAMP vor allem im Senderbereich des Westdeutschen Rundfunks bekannt wurde. Wöchentlich präsentiert er neue Geschichten aus dem Leben des frei erfundenen Lehrers vom «Karl-Heinz-Plum-Guminasium» in der «Unterhaltung am Wochenende» (WDR 2).

Haverkamp ist selbst «gelernter» Lehrer, sammelte aber schon zu Studienzeiten Bühnenerfahrung mit verschiedenen Rockbands. Nach einem Hörspielpreis der ARD für Kurzhörspiele wandte er sich mehr dem Kabarettistischen zu und unterhält inzwischen einen «künstlerischen Gemischtwarenladen»: In seinem Soloprogramm präsentiert er Sketche und Lieder zwischen Satire und Nonsens, arbeitet als freier Autor, Moderator und Kabarettist und schreibt und komponiert für Bühne, Funk und Fernsehen.

Ende 1988 erscheint die LP «Erster Aufschlag», ein Mitschnitt seines Liveprogramms.

Wendelin Haverkamp

Nur kein Ärger...

Geschichten aus dem Leben des Anton Hinlegen

rororo

Rowohlt

rororo tomate
herausgegeben von Klaus Waller

13.–15. Tausend März 1992

Originalausgabe
Veröffentlicht im Rowohlt Taschenbuch Verlag GmbH,
Reinbek bei Hamburg, November 1988

Umschlagillustration Dieter J. Rzechak
Umschlagtypographie Sebastian Raulf
Bild des Autors (S. 2) © Susanne Staets
Satz Bembo (Linotron 202)
Gesamtherstellung Clausen & Bosse, Leck
Printed in Germany
780-ISBN 3 499 12385 1

Inhalt

Vorwort

Wer ist Anton Hinlegen? Wo liegt das Karl-Heinz-Plum-Guminasium, wie er gerne scherzhaft, auch und gerade in diesem Vorwort, zu bemerken pflegt, und was macht er da eigentlich?

Wenn Sie so fragen – er schlägt sich durch: Zwischen Fräulein Müller-Siebenknick, der zarten Musikpädagogin, und dem nervend gesunden Sportkollegen Kreuzbein; zwischen dem Hausbiologen Schwundling und Frau Stöcklein, die in Ikebana und Batik aufgeht; zwischen seinem Intimfeind Bodenreck, der immer alle beim Skat bescheißt und denkt, es merkt keiner, und seinem Freund, dem Künstler Neuner, der so viel mit Holz arbeitet.

Am Karl-Heinz-Plum-Guminasium geht es zu wie überall: Tief enttäuschte Lehrer, gelangweilte Schüler und grundlos empörte Eltern. Doch innerhalb weniger Stunden kann sich das ändern: Skandale werden aufgedeckt, Gerüchte in die Welt gesetzt, Intrigen angezettelt, und schon heißt es: Wütende Magister, freudig erregte Auszubildende und nichtsahnende, wenngleich voll haftende Erzeuger – oder umgekehrt. Was nicht ausschließen soll, daß es am nächsten Tag heißt: Schwer beleidigte Edukanden, hochzufriedene Erziehungsberechtigte und geistig abwesende Pädagogen. Oder auch umgekehrt.

Und Anton Hinlegen immer mittendrin, auf der Suche nach der Lücke im System. Woher nimmt er die Kraft, dies alles zu überstehen? Sind es die phantastischen Frikadellen seiner Frau Inge, oder hat sie ihn durch nächtelange Diskussionen über ihre Frauenprojektgruppe «Rettet das Feuchtbiotop» so gestählt, daß er die Schule locker wegsteckt?

«Nur kein Ärger», sagt Anton, und sollte auch dieser Wahlspruch nicht mehr helfen, ist da immer noch Monsignore Stramm, jene schillernde Persönlichkeit, der keine Geheimtür der Schule, keine Lage eines Loireweins und keine menschliche Schwäche verborgen geblieben ist; der zum Beispiel Anno '45, als bei dem Bombenangriff auch die Sakristei getroffen wurde, den Meßwein eigenhändig, heißt es, eigenhändig durch die Krypta...

«Halt!» rief der Direx, «Sie sind noch nicht dran, Monsignore! Wir müssen erst noch über den Papierverbrauch des Fotokopierers diskutieren!»

«Raucherpause!» hab ich schnell gerufen und bin mit dem Monsignore zur Hintertür raus in den «Goldenen Schlüssel»...

Das Geheimnis des Monsignore

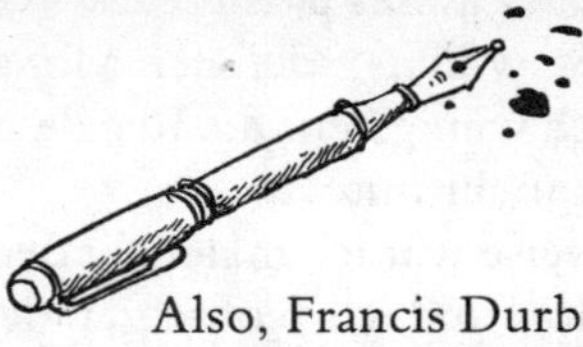

Also, Francis Durbridge und Edgar Wallace wären blaß geworden und hätten einen 14teiligen Fernsehfilm geschrieben, wenn ihnen jemand die Sache mit der Geheimtür erzählt hätte.

Vor vier Wochen teilte unser Direktor am Schluß der Konferenz mit, der Stadtrat habe endlich das Geld für die dringenden Renovierungsarbeiten am Karl-Heinz-Plum-Guminasium bewilligt, wie ich angesichts von kommunalpolitisch richtungsweisenden Beschlüssen nur um so deutlicher, und das gilt auch für Sie, meine Damen und Herren, scherzhaft bemerken muß.

Auch die Toiletten im zweiten Stock und das Souterrain inklusive Lehrerbibliothek sollten in Ordnung gebracht werden.

Alle waren begeistert, was ja auch verständlich ist: So eine Renovierung bringt nämlich nicht nur Gerüste auf den Fluren, Schmutz, Lärm und Änderung der Stundenpläne mit sich, sondern auch Unterrichtsausfall in erheblichem Ausmaße. Eine Vorstellung, die manches Pädagogenherz höherschlagen ließ.

Nur der Monsignore Stramm saß ganz still in der Ecke und sah irgendwie bedrückt aus. Ich dachte: Der Monsignore wird doch wohl nicht krank sein – aber da meldete er sich auch schon zu Wort:

«Meine Damen und Herren, nicht daß Sie meinen, ich hätte was gegen die Renovierung unserer altehrwürdigen Anstalt, aber können wir nicht wenigstens die Lehrerbibliothek aussparen? Wenn ich nur an die wertvollen Folianten denke, zum Beispiel die Bibel aus dem 18. Jahrhundert. Es wäre furchtbar, wenn da was drankäme.»

«Keine Sorge», meinte der Direx, «die Bücher werden natürlich vorher rausgeräumt, die alten Eichenregale abmontiert – da kann gar nichts passieren.»

«Um Gottes willen», rief der Monsignore dazwischen, «lassen Sie doch wenigstens die Regale stehen, das macht das alte Holz nicht mehr mit.»

Ausnahmsweise war ich mal nicht derselben Meinung wie der Monsignore, und ich wollte gerade schon eine entsprechende Bemerkung machen, aber hab es dann doch lieber gelassen: Nur kein Ärger mit Kollegen, nuur kein Ärger! Schon gar nicht mit dem Monsignore. Erstens ist das der einzige, mit dem man mal in Ruhe einen trinken kann, und zweitens ist da womöglich was im Busch.

Ich habe ihn dann unten am Portal abgefangen und auf ein Glas Rotspon in den «Goldenen Schlüssel» eingeladen. Kurz vor zwölf, wir hatten gerade die dritte Flasche Kröver Nacktarsch niedergemacht, rückte er endlich mit der Wahrheit raus.

«Herr Hinlegen», sagt er, «es ist nämlich so: In der alten Lehrerbibliothek gibt es ein Geheimnis.»

Ich dachte noch: Mein Gott, der Monsignore wird doch nicht ernsthaft angeschlagen sein, und sag:

«Was für ein Geheimnis, Monsignore? Erleichtern Sie sich!»

Und so kam es, daß gegen null Uhr dreißig zwei dunkle Gestalten durch den Hintereingang ins Karl-Heinz-Plum-Guminasium eindrangen. In der Bibliothek angekommen, ging der Monsignore zielstrebig auf das Regal mit der theologischen Fachliteratur zu und räumte einige Folianten beiseite. Ich traute meinen Augen nicht: Hinter der Kirchengeschichte kam eine Türklinke zum Vorschein.

«Das ist ja hier wie bei Graf Dracula persönlich», sag ich, «Monsignore, was hat das zu bedeuten?»

«Ganz einfach», flüsterte der Monsignore, «auf der anderen Seite befindet sich doch die Ruine der alten Anstaltskirche, die 1945 ausgebombt worden ist. Und die Stadt hat damals aus Sicherheitsgründen alles zumauern lassen – auch den Eingang zur Sakristei.»

«Wo war denn die Sakristei?»

Mich überkam das Gefühl, an einem großen historischen Ereignis teilzuhaben.

«Hier», sagte der Monsignore, zog einen schweren, silberglänzenden Schlüssel aus der Tasche und schloß die Wandtür auf, die sich mitsamt dem Regal lautlos öffnete.

Sie können sich nicht vorstellen, was für eine Schatzkammer da vor uns lag. Weinflaschen über Weinflaschen lagen sauber sortiert in großen Regalen. Edelste Tropfen aus den Jahren 42 bis 44.

«Irgend jemand muß es in den Bombennächten geschafft haben, die ganzen Meßweinvorräte des Bistums hier in Sicherheit zu bringen», erzählte der Monsignore. Er streichelte liebevoll eine Literflasche Piesporter Goldtröpfchen, und als ich den Monsignore so ansah, da schienen ihm Tränen in den Augen zu stehen, und ich glaubte zu ahnen, wer damals dieses außerordentliche Organisationstalent gewesen war. Ich sag:

«Monsignore, machen Sie sich keine Sorgen, ich bringe das schon in Ordnung.»

Gleich am nächsten Tag bin ich zum Direktor und habe ihm angeboten, mit meinem Leistungskurs Deutsch die Renovierung der Bibliothek zu übernehmen. Erstens würden die Kinder dann mal lernen, wie man mit Büchern umgeht, und zweitens kämen die wertvollen Ausgaben unter meiner Aufsicht auch nicht zu Schaden. Unser Direktor war begeistert, und die Schüler übrigens auch. Soll noch einer sagen, die Kinder hätten heutzutage kein Verhältnis mehr zum Buch.

In zwei Tagen hatten wir die ganze Bude leergeräumt, die Regale abgebaut und konnten mit dem Streichen beginnen. Auf einmal fragt der Heinz Dünnpul, der ist genauso neugierig wie seine Mutter, der Schrecken aller Elternsprechtage:

«Herr Hinlegen, wohin führt eigentlich diese Tür?»

«Die hat weiter keine Bedeutung», sag ich, «dahinter ist nur eine Besenkammer. Da sind die Gebeine des heiligen Karl-Heinz-Plum drin aufgebahrt.»

Selten hab ich eine Unterprima so glockenhell lachen hören können. Die haben die Wandtür einfach überstrichen und weiter gar nicht beachtet.

Jedenfalls bin ich neuerdings nach dem Monsignore der eifrigste Benutzer der Lehrerbibliothek, und Gott sei Dank sind wir immer unter uns. Mal ehrlich: Welcher Pädagoge kommt denn heutzutage noch zum Lesen? Dabei kann das ungemein spannend sein – zum Beispiel Kirchengeschichte. Von wegen trockene Lektüre!

Tschö wa!

Ich armes Tor

Also, das war vielleicht ein Theater bei uns am Karl-Heinz-Plum-Guminasium, wie auch von Brettern, die die Welt bedeuten, mit blankem Verse scherzhaft ins Publikum zu deklamieren ich mich nicht scheuen würde.

Vor etwa drei Monaten hatte der Direx zum tausendsten Mal gefragt, ob nicht irgendein Kollege Interesse hätte, eine Theater-AG einzurichten; Bild der Schule, Attraktivität, Blablabla. Und die Dummen werden ja nicht alle. Prompt meldete sich der Kleineidam, der ist erst neulich zu uns versetzt worden:

«Ich würde gerne mal Goethes Faust I zur Aufführung bringen. Wir haben doch einige schauspielerisch sehr begabte Mädchen und Jungen!»

Was auch stimmt – die Kuhaugen-Rita aus der 11 zum Beispiel, die lügt wie gedruckt, guckt einen aber gleichzeitig so unschuldig an, daß man gezwungen ist, an glückliche Milch zu glauben. Oder der Karl-Heinz Ebeling aus der 12, der schwitzt und stöhnt immer, als hätte er furchtbar viel getan, aber tun tut der überhaupt nichts, der tut nur so! Eine ideale Besetzung für Faust und Gretchen.

Ein paar Wochen später sprach mich der Kleineidam dann an:

«Herr Hinlegen», sagt er, «könnten Sie sich nicht mal eine Probe ansehen und mir als älterer Kollege einen Rat geben? Irgendwie komme ich nicht so richtig von der Stelle.»

«Aber gern», sag ich, schon wegen des «älteren Kollegen», und bin gleich nachmittags hingegangen. Ein Chaos sondershausen! Der Friedhelm Wegtrat sollte den Faust spielen, Heidelinde Dünnpul das Gretchen, und Peter Müller den Mephisto, dabei hat der höchstens Talent zum Boxen.

Natürlich hatte keiner seinen Text gelernt, und alles redete durcheinander, am lautesten Heidelinde Dünnpul, die hat das von ihrer Mutter, dem Schrecken aller Elternsprechtage. Verzweifelt stand Faust in der Mitte der Bühne und versuchte, sich an ein Stück Goethe zu erinnern:

«Habe nun acht...
äh... Philosophen durch...
Juristerei und Medizin auch...
Da steh ich nun, ich armes Tor,
und bin so zu als wie zuvor.»

«Halt!» schrie der Kleineidam, «das ist doch alles ganz falsch!»

«Sehr richtig», rief Mephisto, ein Kind mit großen roten Fäusten, «können wir heute nicht mal die Walhalla-Nacht spielen? Das finde ich so ergreifend.» Dem Kleineidam stand der Schaum vorm Mund. Es fehlte nicht viel, und er hätte sich auf den armen Knaben gestürzt.

«Mein lieber Kleineidam», sag ich, «eins müssen Sie sich mal merken für Ihre künftige Laufbahn: Nur kein Ärger mit Schülern, nuur kein Ärger! Und schon gar nicht mit Schülern, die in der Kreisklasse boxen!»

«Aber was soll ich denn machen?!» war der arme Mensch am Wimmern. Ich denk: Der vergreift sich nicht noch mal an einem toten Dichter, und sag:

«Wissen Sie was? Machen Se einfach eine Rockoper! Faust im Rock – das fetzt! Und als Chor nehmen Sie die integrierte Oberstufe, dann kommen alle Eltern, und die Bude ist voll!» Ich hatte nämlich noch so 'ne alte Platte zu Hause, die hab ich ihm geliehen, die Filmmusik von «Die Faust im Nacken»! Die wurde im Hintergrund abgespielt und dazu sangen 140 Mädels und Buben den Goethe schön falsch rauf und runter, was die Stimmbänder hergaben.

Ich sage Ihnen: Die Aufführung war ein voller Erfolg. Ich habe Männer weinen sehen, und dieser Glanz in den Augen der Mütter – wun-der-bar! Unser Direktor war natürlich auch da, der saß vorne in der ersten Reihe und schlug immer wieder die Hände vors Gesicht, so ergriffen war der Mann!

Am nächsten Tag kam der Kleineidam auf mich zugestürzt:

«Lieber Herr Hinlegen, wie kann ich Ihnen nur danken?!»

«Ganz einfach», hab ich ihm erklärt, «machen Sie nie wieder so 'n Theater, sonst kriegen Sie's mit meinem Urfaust zu tun!»

Und das möchte ich wirklich keinem raten.

Tschö wa!

Silvester

Also, es gibt viele Möglichkeiten, Silvester rumzukriegen: Man kann sich im familiären Kreise durchplaudern, bei irgendeinem Ball das Tanzbein schwingen oder die Explosion der guten Laune am Fernsehen genießen. Aber wo ich dieses Jahr Silvester war, da kommen Sie nie im Leben drauf: Ich hab nämlich im Kollegenkreis gefeiert – das müssen Sie sich mal vorstellen.

Dabei bin ich doch immer froh, wenn ich die ganzen Gesichter mal ein paar Tage nicht sehe. Aber Inge hat in den letzten Monaten beim Kurs «Ausdruckstanz» an der Volkshochschule Erika kennengelernt, und das ist ausgerechnet die Frau vom Kleineidam, unserem Frischling am Karl-Heinz-Plum-Guminasium, wie scherzhaft zu bemerken auch im neuen Jahr nicht zu unterlassen ich mir fest zum Vorsatz gemacht habe. Der hatte das ganze Kollegium Silvester zum Bleigießen eingeladen.

Kurz nach acht standen wir mit unserer großen Emailleschüssel Nudelsalat vor der Tür bei Kleineidams – das war nämlich eine sogenannte «Mitbringfete». Und ich sag noch so zu Inge: «Der Nudelsalat von deiner Mutter wird bestimmt der Clou des Abends. Wer ist eigentlich sonst noch eingeladen?» – da ging die Tür auf, und ich traute meinen Augen nicht: Der Kleinlich, Fräulein Müller-Siebenknick, der Neuner – die Bude war gerammelt voll, selbst Monsignore Stramm war gekommen und hatte schon angefangen, das Buffet aufzuarbeiten.

Sie glauben gar nicht, was die lieben Kollegen da alles an Delikatessen mitgebracht hatten: Nudelsalat mit Peperoni, Nudelsalat ohne Peperoni, Nudelsalat mit Silberzwiebelchen, Nudelsalat ohne Silberzwiebelchen, Nudelsalat mit Schinkenröllchen, Nudelsalat ohne Schinkenröllchen – wissen Sie, das war eins von diesen Buffets, wo die Frage lautet: Essiggurken oder eß ich nun keine Gurken?! Als dann der Kleineidam zu den Klängen einer James-Last-Konserve den Tanz eröffnete, waren die meisten schon schwer angeschlagen von dem handwarmen Aldi Spumante, und noch vor Mitternacht hingen die ersten Ausfälle zusammengesunken auf der Sitzgruppe rum.

Für die gab es um zwölf ein furchtbares Erwachen: Der Kreuzbein hatte die Zweiquadratmeterterrasse von Kleineidams in eine mittelschwere Artilleriestellung verwandelt und feuerte eine Rakete nach der anderen in Richtung der feindlichen Balkone auf der anderen Straßenseite. Sein halbes Monatsgehalt verballerte der Idiot, bis ihm endlich die Munition ausging. Da sollten unsere großen Steuerreformer mal anständig Steuern draufschlagen, statt uns allen das halbe Weihnachtsgeld wegzusteuern, diese Knallköppe!

Na jedenfalls kam es dann zum angekündigten Bleigießen: Jeder mußte ein Löffelchen erhitztes Blei in kaltes Wasser gießen, wobei sich die tollsten Formen ergaben. Und daraus sollte dann erraten werden, was das nächste Jahr einem bringen würde – so was Albernes! Und ausgerechnet Inge mußte anfangen.

«Das sieht ja aus wie ein Faß», meinte der Kleineidam, «Bierfaß, würde ich mal sagen.»

«Was habe ich denn mit einem Bierfaß zu tun», sagte Inge, «abgesehen davon, daß ich mit einem verheiratet bin.»

«Fräulein Müller-Siebenknick ist dran», hab ich schnell gerufen. Aber was unsere zarte Musikpädagogin aus dem Blei hervorzauberte, war nicht gerade weniger anzüglich: Das Resultat sah nämlich einem gewissen männlichen Körperteil so ähnlich wie ein Ei dem anderen. Der Kleineidam fing schon an zu lästern, und die arme Müller-Siebenknick war puterrot im Gesicht angelaufen, da fiel mir gerade noch was ein:

«Ein Notenschlüssel, ein richtiger Notenschlüssel! Da wird's aber noch viel Musik geben nächstes Jahr.» Ich sage nämlich immer: Nur kein Ärger beim Bleigießen, nuur kein Ärger! Schon gar nicht, wenn er sich verhüten läßt.

Aber es kam noch besser: Kaum war die Situation gerettet, warf der Neuner, unser verdienter Kunstpädagoge, der so viel mit Holz arbeitet, seine Portion Blei ins Wasser. Alle guckten fasziniert auf das bizarre Gebilde, das wie von Geisterhand entstand.

«Das sieht aus wie Hammer und Sichel», meinte der Kleineidam, «tut mir leid, Herr Neuner, Sie wissen ja, was das bedeutet: Nächstes Jahr ist mit Bumsen Sense!»

Frau Stöcklein traute sich kaum noch, mit zarter Hand ihren Löffel Blei abzugeben. Aber es mußte sein:

«Das sieht ja aus wie ein Stuhl», sag ich, «was soll denn das bedeuten?»

«Versetzung», rief der Neuner fröhlich, «Sie werden demnächst versetzt – zum Beispiel Kempen-Krefeld!» Da war es auf einmal sehr still und Frau Stöcklein ganz weiß um die Nase. Denn in letzter Zeit haben doch viele Bammel vor einer Versetzung. Vor allem, wenn man bedenkt, wie der sogenannte Herr Kultusminister mit seinen Lehrern umspringt – als ob die nicht auch mal Angst haben dürften.

«Jetzt bin ich aber dran», meldete sich der Monsignore zu Wort und beförderte den ganzen Rest Blei mit einem Schwung in den Topf. Und raten Sie mal, was dabei rauskam? Richtig! Eine Flasche! Bei genauem Hinsehen glaubte ich fast die Umrisse einer Magnum Chateauneuf du Pape zu erkennen. Also, wenn Sie mich fragen – irgend etwas muß doch dran sein an dem Bleigießen.

Tschö wa!

Frau Dr. Dünnpul

Also, wir hatten kürzlich wieder Elternsprechtag am Karl-Heinz-Plum-Guminasium, wie ich angesichts unserer überdurchschnittlich begabten, kritisch-anspruchsvollen und stets um Höchstleistungen ringenden Zöglinge scherzhaft nur noch leise vor mich hin murmele.

Im Grunde soll ein Elternsprechtag ja dazu da sein, daß die Eltern und die Lehrer sich mal in Ruhe aussprechen können. Aber von wegen, Hinlegen! In Wirklichkeit ist so ein Elternsprechtag die reinste Märchenstunde: Auf einmal gibt es nur noch fleißige, intelligente und hochsensible Kinderlein.

Eigentlich müßte man dann die ganze Zeit widersprechen. Aber ich sage mir: Nur kein Ärger auf dem Elternsprechtag, nuur kein Ärger, schon gar nicht mit Menschen, die über ihre eigenen Kinder sprechen. Deshalb verzieh ich mich beim Elternsprechtag auch immer in unsere Garderobe, da findet mich so schnell keiner.

Und als ich gerade nach Hause gehen will, da klopft es an der Tür, und wer kommt herein? Frau Dünnpul! Ausgerechnet Frau Dr. Dünnpul, der Schrecken des Karl-Heinz-Plum-Guminasiums. Eine geschlagene Stunde hockte sie da in ihrem Modellkleid, glitzerte mit ihren Brillantinen und laberte mich voll von ihrem Wunderkind Gereon-Adalbert.

Gereon-Adalbert läuft Ski wie 'ne Eins. Gereon-Adalbert ist die neue Hoffnung des Tennis-Clubs Rot-Blau. Gereon-Adalbert macht jetzt den Segelschein, deshalb hat ihm Vati auch ein eigenes Segelboot geschenkt. Da bliebe für die Schule nicht mehr viel Zeit, aber das käme ja oft vor bei überdurchschnittlich Begabten; man wüßte inzwischen, daß nur die Dummen arbeiten. Ich sag:

«Frau Dr. Dünnpul, ist Ihnen eigentlich bekannt, daß Ihr Gereon-Adalbert von Mathe bis Musik überall fünf steht?»

steht?» Das wär ja gerade das Merkwürdige, meinte sie, das läge mit Sicherheit am Lehrpersonal. Ich sag:

«Frau Dr. Dünnpul, Sie tun dem Jungen keinen Gefallen; nehmen Sie ihn von der Schule und lassen Sie ihn eine Ausbildung absolvieren, die ihm Freude macht.»

«Freude?» schrie Frau Dr. Dünnpul. «Was heißt hier Freude? Das Kind soll Medizin studieren!»

Sie würde nicht zulassen, daß ein paar unfähige Lehrer die röntgenologische Zukunft ihres Gereon-Adalbert verhindern wollten! Außerdem hätte sie gute Beziehungen zum Herrn Minister persönlich, ich würde mich noch wundern. In diesem Moment schnappte sie sich ihr Lackhandtäschchen, rauschte ab und hämmerte die Garderobentür so fest zu, daß prompt die Mäntel vom Haken fielen.

Während ich die vermufften Dinger wieder aufsammelte, die irgendwelche Menschen – vielleicht auf einem Elternsprechtag? – vor Jahrzehnten hier vergessen hatten, kam ich ins Grübeln über eine Frage, die mich schon lange beschäftigte: Wieso war eigentlich damals der Bodenreck, die anerkannt größte Niete weit und breit, zum Oberstudienrat befördert worden?

Ich glaub, ich weiß es jetzt. Der hatte wahrscheinlich auch so 'ne Mutter.

Tschö wa!

Beförderungserschleichung

Also, Autos funktionieren ja auch nur so lange, wie man sie nicht dringend braucht. Mein Vierzylinder der gehobenen Mittelklasse zum Beispiel, der hat jetzt gerade 50000 Kilometer drauf, und schon geht es los mit den Reparaturen. Mein Tankwart Nellessen, bei dem ich die Kleinigkeiten machen lasse, sagte neulich noch ganz trocken, jetzt wäre demnächst ein neuer Auspuff fällig. Ich sag:

«Wie, Auspuff fällig? Ich fahr doch immer extrem vorsichtig?»

«Nee», meint er, «da können Sie fahren, wie Sie wollen, bei ungefähr 50000 geht der Auspuff kaputt, das ist quasi ab Werk mit eingebaut.» Das müssen Sie sich mal vorstellen, dabei ist der Wagen noch gar nicht abbezahlt.

Na jedenfalls, vorige Woche hatten wir große Lehrerkonferenz, und ich mußte unbedingt pünktlich um vier Uhr da sein, weil ich als Protokollant vorgesehen war.

Sie wissen ja, welche wichtige Funktion ein Protokollant wahrnimmt? Der Protokollant muß für die Nachwelt alles mitschreiben, was in so einer Konferenz passiert, und wenn der nicht pünktlich ist, fehlt hinterher womöglich der Antrag von Fräulein Müller-Siebenknick auf Raucherpause – das wäre furchtbar!

Ich hatte sogar auf meine Mittagsruhe nach dem Essen verzichtet und wollte gerade losfahren, da kracht es plötzlich mächtig und der Motor bullert los wie ein Traktor, den jemand auf Formel Eins frisiert hat: Der Auspuff war abgefallen, genau wie der Nellessen gesagt hatte. Ich stand noch wie Pik Sieben neben dem Luxusgefährt, da guckte meine Frau Inge aus dem Fenster und rief:

«Soll ich dir schnell ein Taxi rufen?»

«Um Himmels willen», sag ich, «viel zu teuer. Ich nehm die Straßenbahn» – und bin losgerannt.

Wenn man zehn Jahre außer Rauchen keinen Sport getrieben hat, dann können sich 800 Meter sehr, sehr lang hinziehen. Als ich endlich an der Haltestelle ankam, war ich so außer Puste, daß ich fast entkräftet vor den Fahrkartenautomaten gelaufen wäre.

Hatten Sie schon mal Kontakt zu einem ebensolchen Wunderwerk? Ich hatte jedenfalls keine Ahnung: Tausend Tasten muß man da drücken, Zone 4b Grün oder Zone 6a Gelb oder wie oder was? Ich grübelte noch über der ausgefeilten Technik, da kam auch schon die Straßenbahn. Ich hab dann schnell was Rotes gedrückt, weil mir das farblich entgegenkam, bin eingestiegen und dachte: Prima, kommst du ja wohl doch pünktlich in die Schule zur Konferenz. Die Bahn hielt gerade zum drittenmal, als eine Stimme über Lautsprecher sagte: «Zahlgrenze!» Ich wußte gar nicht, was das sollte, als plötzlich vor mir eine Frau aufstand, sich umdrehte und rief:

«Fahrkartenkontrolle, die Fahrausweise bitte!»

Was für ein Glück, daß es Fahrkartenautomaten gibt, hab ich gedacht, da guckt sie auf meinen Fahrschein und meint:

«Haben Sie einen Schwerbehinderten-Ausweis?»

«Nee», sag ich.

«Oder die Senioren-Vorzugskarte?»

«Nee», sag ich.

«Aber daß Sie unter vierzehn sind oder Wehrdienst ableisten, wollen Sie mir doch auch nicht weismachen?»

«Nee», sag ich, «warum sollte ich?»

«Unter diesen Umständen sind Sie mit Überschreiten der Zahlgrenze nicht im Besitz eines gültigen Fahrausweises und haben sich der Beförderungserschleichung schuldig gemacht. Wir sehen von einer Anzeige ab, wenn Sie bereit sind, 40 Mark zu zahlen», klärte sie mich auf und wedelte mit einem Quittungsblöckchen.

Natürlich hab ich erst mal versucht, der Kontrolleuse meine spezielle Notlage zu erklären und daß ich vollkommen schuldlos an diesen Fahrschein gekommen wäre – wie die Jungfrau zum Kinde. Das war der Frau so was von gleichgültig. Ich sag:

«Jetzt weiß ich! Sie bauen hier den öffentlichen Nahverkehr aus! Und bei der Finanzierung kann auf Einzelschicksale keine Rücksicht genommen werden.» Was mir sonst noch auf der Zunge lag, hab ich Gott sei Dank runtergeschluckt. Nur kein Ärger im öffentlichen Nahverkehr, nuur kein Ärger, schon gar nicht, wenn man sich mitten im Prozeß der Erschleichung befindet.

Als ich endlich am Karl-Heinz-Plum-Guminasium ankam, was für schlappe 42 Mark scherzhaft zu bemerken ein außerordentliches Maß an Selbstdisziplin erfordert, saß da einsam und allein unser Direktor im Lehrerzimmer und las Zeitung.

«Wie», sag ich, «das war aber eine schnelle Konferenz.»

«Ach Sie, Herr Hinlegen», meinte der, «das tut mir leid, daß Sie noch extra gekommen sind. Doch die Konferenz mußte ausfallen, und Sie waren gerade weg, als ich bei Ihrer Frau anrief. Aber glücklicherweise haben Sie ja nicht weit zu fahren...»

Tja – und jetzt werden Sie sicher fragen, wie ich wieder nach Hause gekommen bin. Zu Fuß natürlich! Öffentlichen Nahverkehr kann ich mir nur einmal im Monat leisten.

Tschö wa!

Nicht versetzt

Also, fast jeden Tag kann man in der Zeitung lesen, daß Schulen geschlossen und Lehrer versetzt werden sollen. Da brodelte natürlich bei uns die Gerüchteküche am Karl-Heinz-Plum-Guminasium, wie scherzhaft zu bemerken ich auch in Zeiten, in denen der Herr Kultusminister nur noch von einem Fettnapf in den nächsten springt, nicht zu unterlassen die Stirn habe.

Anfang Februar hatte bei uns eine Konferenz stattgefunden, auf der unser Direktor angekündigt hatte, daß wahrscheinlich ein lieber Kollege gehen müßte, wenn die Anmeldungszahlen zur Sexta sich nicht deutlich verbessern würden.

«Meine Damen und Herren», war er am Salbadern, «vielleicht trägt sich ja der eine oder andere Kollege sowieso mit Abwanderungsplänen, dann bitte ich, mir das bald mitzuteilen. Denn wenn sich keiner freiwillig meldet, dann ... na ja, Sie wissen schon ...»

Sie können sich nicht vorstellen, was da für eine Panik ausbrach. Die einen wollten schnell noch ein Eigenheim erwerben, andere auf die Suche nach pflegebedürftigen Anverwandten gehen, und einer rechnete schon mal durch, was es kosten würde, noch schnell drei Kinder zu adoptieren. Alles nur, um bei der Behörde als aus persönlichen Gründen nicht versetzbar eingestuft zu werden.

Und in der Schule ging es auch rund. Ich kam neulich früh zum Unterricht, kämpfte mich durch den eisigen Schneeregen und bog auf den Parkplatz ein, stand da Kollege Kleineidam mit Schaufel und Straßenbesen und wäre mir fast vors Auto gelaufen.

Ich dachte, ich sehe nicht recht: Fein säuberlich fegte er jede anfliegende Schneeflocke vom Parkplatz unseres Direktors.

Kaum hatte selbiger, jovial winkend, seinen Fünfsitzer eingeparkt und war ausgestiegen, riß ihm der Kleinlich die Aktentasche mit tiefer Verbeugung aus der Hand und lief vor ihm her, um die Tür aufzuhalten, während Fräulein Müller-Siebenknick, die inzwischen hinzugekommen war, mit Fensterleder und Schwamm anfing, des Direktors Gefährt zu wienern.

«Ich habe die erste Stunde eine Freistunde», rief sie fröhlich und wrang den Schwamm aus, während der Kollege Brenneisen sich – «Ich auch!» – mit Lappen und Chrompaste über Zierleisten und Radkappen hermachte.

Auf dem Weg zum Lehrerzimmer bekam ich mit, wie unser Direktor den Bodenreck begrüßte, der sich letztens noch furchtbar über seinen Stundenplan aufgeregt hatte: Nur eine Entlastungsstunde, jede Menge Springstunden – der war vielleicht am Fluchen!

«Herr Bodenreck, gut daß ich Sie sehe», sagte der Direktor, «die eine Entlastungsstunde muß ich Ihnen leider wieder abnehmen. Frau Stöcklein ist erkrankt.» Da hätten Sie den Bodenreck mal hören sollen:

«Selbstverständlich, Herr Direktor, ich habe gerade auch davon gehört. Ich wollte es Ihnen im Moment anbieten. Es kann auch gerne eine Stunde mehr sein.»

Ums Haar wäre mir das Frühstück wieder hochgekommen, und ich wollte gerade ins Lehrerzimmer flüchten, da stieß ich mit dem Neuner zusammen, unserem begabten Kunstpädagogen, der so viel mit Holz arbeitet. Der hatte die ganze Nacht im Kunstraum gewerkelt, um seinen Unterricht optimal vorzubereiten – und war dann wohl in den frühen Morgenstunden auf zwei Gipssäcken eingeschlafen. Der sah vielleicht aus – wie frisch gepudert!

Bevor er was sagen konnte, drängelte sich laut grüßend der Kollege Kreuzbein im Blaumann mit einem Ölkännchen an uns vorbei. Er müßte schnellstens in die Turnhalle, das Reck entrosten.

Kaum war der Kreuzbein verschwunden, da hasteten vier Schüler mit einer Bahre heran, auf der sich die Umrisse unseres Hausbiologen Schwundling abzeichneten. Er hatte übers Wochenende das Feuchtbiotop entalgt und sich wohl leicht übernommen.

«Sie sehen ja furchtbar aus!» rief unser Direktor. «Sie werden doch wohl kein Fieber haben?»

«Nein, nein!» wimmerte der Schwundling mit glänzenden Augen, «ich bin gesund, 39,8 – das ist doch nicht der Rede wert. Los Jungs, zur 8b – der Unterricht fängt an!»

Der Direktor blickte auf die Uhr.

«Wo ist eigentlich der Monsignore Stramm? Der müßte schon seit zehn Minuten unterrichten.» In diesem Moment erschien der Monsignore im Lehrerzimmer. Unser Schulleiter plusterte sich auf:

«So geht es nicht, Monsignore!»

Dem Bodenreck wäre fast die Tasse Kaffee aus der Hand gefallen, und Frau Nöthig kaute hektisch an ihren Fingernägeln. Der Monsignore zog in aller Ruhe seinen Mantel aus, steckte sich seine Brasilzigarre an und sagte:

«Mein lieber junger Freund, auf dem Ohr höre ich schlecht. Ich habe hier schon unterrichtet, da gab es zum Ärger Ihrer Mutter noch keine Pampers.» Und bevor der Direx seinen Mund wieder schließen konnte, holte der Monsignore seinen Kalender raus:

«Übrigens», sagte er, «die 14 Tage Studienfahrt im September nach Rom, die kann ich leider nicht durchführen. Ich habe da einen wichtigen Skatabend beim Dompropst übersehen. Und außerdem macht mir auch der Magen wieder zu schaffen. Der Arzt hat mir dringend geraten, das mal auszukurieren. Ich dachte da so an acht bis zwölf Wochen.»

Der Direx drehte sich um und zeigte sofort auf mich.

«Herr Hinlegen, dann müssen Sie die Romfahrt übernehmen!»

Einen kleinen Moment war ich ganz verdattert, aber dann dachte ich mir: Nur kein Ärger mit Anton Hinlegen, nuur kein Ärger! Und ich sag:

«Das geht nicht – ich habe nämlich keine Lust.»

Ich bin dann erst mal mit dem Monsignore in den «Goldenen Schlüssel» und habe mich bei einem guten Rotspon beruhigt. Denn dieses ganze Versetzungstheater: Also, wenn Sie mich fragen – verarschen kann ich mich auch alleine.

Tschö wa!

Nieder mit der Schule

Also, man glaubt es kaum, welcher hohe Besuch bei uns angesagt war am Karl-Heinz-Plum-Guminasium, wovon scherzhaft zu bemerken mich auch die Anwesenheit des Bundeskanzlers, und ich sage dies mit aller Offenheit, alles andere wäre unerträglich, nicht abzuhalten imstande wäre.

Der Herr Regierungspräsident persönlich wollte an unserer Schule hospitieren kommen und sich einen Einblick in die heutige pädagogische Praxis verschaffen.

Unser Direktor lief durch die Schule wie ein blindes Huhn, das eine Flasche Korn getrunken hat, so daneben war der Mann.

Ich kam in der großen Pause gerade ins Lehrerzimmer und freute mich auf ein Täßchen Kaffee, da zog er mich sofort beiseite.

«Herr Hinlegen», flüsterte er, «ich habe da ein sehr delikates Problem. Kann ich Sie mal unter vier Augen sprechen?»

Und dann hat er mir den Spezialauftrag erteilt, die Sprüche, die überall an die Schule gesprüht worden sind, zu entfernen.

«Aber Herr Direktor», sag ich, «das haben wir doch schon mit allen möglichen Mitteln probiert, mit Ätzkalk, Terpentin und Drahtbürsten, nichts zu machen, das Zeug ist einfach nicht abzukriegen.»

Unser Direx war völlig fertig.

«Um Gottes willen, was sollen wir bloß machen? Wie steh ich denn da vor dem RP?»

Plötzlich kam mir der rettende Gedanke:

«Wie wär's, wenn man noch was dazuschreibt?»

«Gute Idee», sagt er, «am besten in den frühen Morgenstunden, da merkt es keiner. Lassen Sie sich aber bloß nicht erwischen!»

In der folgenden Nacht stand ich dann gegen drei Uhr mit einem Sortiment Spraydosen vor unserer ehrwürdigen Anstalt – wie der Sprayer von Zürich persönlich. Es war gar nicht so einfach, für jeden Spruch die entsprechende Ergänzung zu finden: Hinter «Nieder mit der Schule» konnte man natürlich ohne weiteres «Hoch mit Karl-Heinz-Plum» setzen, und auf «Hinlegen ist doof» machte sich «Aufstehn ist schlimmer» gar nicht schlecht. Aber während der Spruch über den Kollegen Kleineidam noch harmlos war – «Arm am Beutel, klein am Eidam» –, möchte ich den Vierzeiler über Fräulein Schwiemel und Monsignore Stramm hier lieber nicht erläutern – und den Ärger hätte am Ende ja ich gehabt, obwohl ich doch immer sage: Nur kein Ärger mit Kollegen, nuur kein Ärger. Schon gar nicht wegen eines vereinzelten Regierungspräsidenten.

Ich habe mich dann kurzerhand zu einem größer angelegten Wandgemälde entschlossen, das sich von der Turnhalle über den Lichthof und den Anbau bis zur Hausmeisterwohnung erstreckte. Stilistisch, würde ich mal sagen, war das Ganze eine Synthese zwischen der aufgeklärten Romantik und dem abstrahierten Klassizismus mit einem Stich ins Postmoderne, besonders hinten an der Turnhalle. Oder, um es mal etwas einfacher auszudrücken: Es lag so zwischen dem frühen Mondrian und dem ganz späten Picasso, wobei sich auf der WC-Tür ein Zitat von Emil Nolde niederschlug.

Ich wollte gerade die Spraydosen zusammenpacken, da hielt mit quietschenden Reifen ein Streifenwagen neben mir. Ich sag:

«Ah, guten Morgen, meine Herren, sind Sie auch wegen des Regierungspräsidenten hier?»

Tja, und so kam es dann, daß ich den Sonnenaufgang im Polizeipräsidium erlebte.

Kurz nach acht erschien dann unser Direktor und holte mich raus. Ich sag:

«Herr Direktor, ist der Regierungspräsident schon da?»

«Nee», meint er, «der hat eben angerufen. Der Herr Regierungspräsident mußte erst noch ein paar Autobahnen sperren und daher seinen Besuch etwas verschieben.»

Da war der ganze Aufstand für den Hintern gewesen. Dachte ich, und komme am nächsten Morgen in die Schule, da steht der Direktor in der Tür und wedelt mit der Zeitung.

«Setzen Sie sich, Herr Hinlegen! Haben Sie schon gelesen? Sie sollen den Kunstpreis der Stadt bekommen.»

Ich sag: «Wie Kunstpreis?»

«Hier steht es», war er am Salbadern, «Anton Hinlegen, der Sprayer vom Karl-Heinz-Plum, Kunstpreisträger des Jahres!»

Wie ich immer sage: Qualität setzt sich durch.

Tschö wa!

Hoher Besuch

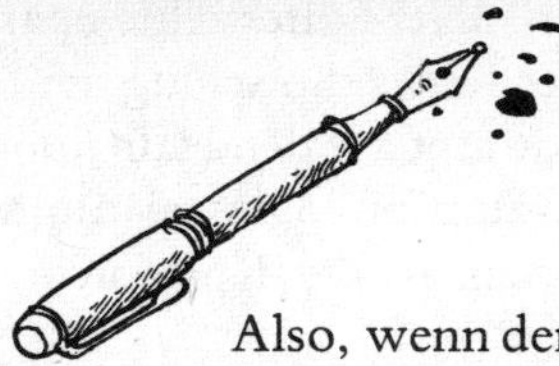

Also, wenn der Papst gekommen wäre, dann hätte der Aufstand auch nicht größer sein können. Ich hatte Ihnen doch kürzlich erzählt, daß wir hohen Besuch erwarteten bei uns am Karl-Heinz-Plum-Guminasium, wie scherzhaft zu bemerken ich doppelt zu fotokopieren, dreifach zu beglaubigen und vierfach einzureichen mich nicht scheuen würde: Der Regierungspräsident persönlich hatte sich angekündigt.

Schlimm war nur, daß der Herr Regierungspräsident das Verlangen geäußert hatte, sich eigenhändig einen Eindruck von der gängigen pädagogischen Praxis zu verschaffen, im Klartext: Er wollte bei dem einen oder anderen Kollegen in den Unterricht kommen und zuhören.

Sie können sich vorstellen, was da los war. Jeder versuchte sich vorzubereiten wie der Graf von Montessori persönlich. Und so was geht ja bekanntlich voll in die Hose.

Vorige Woche war es dann soweit. Der Regierungspräsident erschien mit großem Gefolge und inspizierte erst mal das Gebäude, wobei der Direx ihn schwadronierend umkreiste wie ein Asteroid das Schwarze Loch; und ich mußte die ganze Tour auch mitmachen – als Vertreter des Kollegiums. Das hat man nun davon.

Zuerst war der Kollege Kreuzbein dran. Unser erfahrener Sportpädagoge ließ gerade eine Riege Knaben Auf- und Umschwünge am Reck üben.

«Mens sana in corpore sano», rief der Regierungspräsident mit leuchtenden Augen und streifte sich die Jacke ab. «Vor vierzig Jahren war ich Klassenbester am Reck!»

Scheint ja doch ein ganz unternehmender Kopf zu sein, dachte ich noch so. Und der Aufschwung war auch gar nicht so übel, aber der Abgang hatte es in sich. Als der RP in schönem Bogen vom Reck niederkam, stand Kollege Kreuzbein zwar in vorschriftsmäßiger Hilfestellung parat, aber leider auf der anderen Seite des Recks. So schlug der Herr Regierungspräsident hart und dumpf auf den Hallenboden.

Die zwei Treppen zum Biologiesaal mußte ich den RP dann raufschieben, weil das rechte Knie nicht mehr so richtig wollte.

Der Kollege Schwundling hatte zur Feier des Tages ein singhalesisches Riesenkaninchen aufgetrieben, weiß der Deibel, wo er das Vieh herhatte. Als wir in die Klasse kamen, kriegte das Tier einen Schreck und flüchtete, verfolgt von 32 johlenden Quintanern, unter den Schrank.

«Das haben wir gleich», rief der Regierungspräsident, kniete sich hin und grabschte mit der Hand danach. Ich wollte erst rufen: «Finger weg!», aber dann hab ich mir gedacht: Nur kein Ärger mit Regierungspräsidenten, nuur kein Ärger, schon gar nicht, wenn sie im Dienst sind! Und was unsere Spitzenbeamten nicht alles leisten müssen, schoß es mir noch durch den Kopf, da schrie er auch schon auf. Hatte doch dieser asiatische Nager dem Herrn Regierungspräsidenten ein ordentliches Loch in die Hand gebissen. Glücklicherweise ist der Schwundling Spezialist im Anlegen von Verbänden, und wir konnten bald in den Physiksaal weiterziehen.

Hier hatte der Kollege Kleinlich eine mordsmäßige Apparatur aus tausend Meßgeräten und Drähten aufgebaut, an der die Schüler irgendwelche Zusammenhänge von Stromstärken und Widerständen erkennen sollten. Ehrlich gesagt sind mir solche Dinge seit frühester Jugend verschlossen geblieben.

Ganz anders unser RP. Es ist ja das Schicksal von Spitzenbeamten, daß sie von allen Dingen Ahnung haben.

«Welche Punkte müssen wir miteinander verbinden, um den Stromkreis zu schließen?» fragte der Kleinlich.

Der Regierungspräsident strahlte übers ganze Gesicht und griff mit der linken Hand in die Apparatur.

«Vorsicht!» rief der Kleinlich verzweifelt, da knallte es mächtig, und wir standen im Dunkeln.

Anderthalb Stunden soll es gedauert haben, bis die Stadt

wieder Strom hatte. Jedenfalls mußten wir den Notverband bei Kerzenlicht anlegen. Die Schüler waren begeistert. Ich sag:

«Als nächstes hatten wir einen Besuch im Chemieunterricht vorgesehen, Herr Regierungspräsident. Der Kollege Kleineidam hat einen interessanten Versuch mit verschiedenen Säuren vorbereitet.»

Unser RP hob abwehrend die beiden bandagierten Hände:

«Nein danke», sagte er, «ich habe noch einen anderen wichtigen Termin in der Müllverbrennungsanlage Düren. Wenn Sie mir bitte nur noch bis zu meinem Dienstwagen helfen, das Knie, Sie verstehen.»

«Aber gerne», sag ich, und so kam es, daß ich unseren Herrn Regierungspräsidenten eigenhändig aus dem Karl-Heinz-Plum-Guminasium getragen habe.

Ein engagierter Mann, dachte ich noch so, und auf allen Gebieten gleich bewandert. Der hat das Zeug zum Bundeskanzler.

Tschö wa!

Tag der offenen Tür

Also, der Tag der offenen Tür ist ja jedes Jahr einer der Höhepunkte bei uns am Karl-Heinz-Plum-Guminasium, wie anders als scherzhaft zu bemerken einem anläßlich solcher Ereignisse nichts übrig bleibt.

So eine schulische Festivität bedeutet natürlich wahnsinnig viel Arbeit. Früher konnte man sich noch leicht vor solchen Show-Veranstaltungen drücken, aber seitdem um jeden neuen Schüler verbissen gekämpft wird, fällt das immer schwerer. Man muß den Eltern schon was bieten, sonst schicken die ihre Brut am Ende noch zu «Heilig-Geist», und wir gucken in die Röhre.

Wenn es mit dem Schülerschwund so weiter ginge am Karl-Heinz-Plum, sagte unser Direktor auf der letzten Konferenz, dann könnten sich einige Kollegen schon mal mit dem Gedanken vertraut machen, daß sie auf die Transferliste kämen, und zwar ohne Ablösesumme!

Sie können sich vorstellen, welche Wirkung diese freundliche Aufforderung hatte. Alle überlegten krampfhaft, was man machen könnte, um unsere Schule am Tag der offenen Tür im besten Licht erscheinen zu lassen. Sie glauben gar nicht, was da an Ideen zusammenkam. Der Kleinlich wollte unbedingt auf allen Fluren Bildschirme aufstellen, über die man jederzeit die aktuellen Sportergebnisse abrufen könnte. Schließlich müßte man an einem Samstag damit rechnen, daß womöglich der HSV gegen Bayern München spielt.

«Aber für die Mütter wird das nicht gerade sehr reizvoll sein», meinte Fräulein Müller-Siebenknick, «vielleicht könnten die Kollegen von der Kunst etwas Handarbeitliches vorbereiten, zum Beispiel einen Schnellkursus in Batik.» Unser Kunstkollege Neuner wurde schon ganz blaß, der kann nämlich nur mit Holz umgehen.

«Oder eine Demonstration in Ikebana?» fragte Frau Stöcklein, «ich habe eigenhändig den Volkshochschulkurs ‹Klein aber oho› mit Erfolg absolviert!»

«Ich hab's!» rief der Kreuzbein, unser Sportpädagoge. «Wir machen einen Boxwettbewerb. Jeder kann mich herausfordern, und wer es schafft, mich k. o. zu schlagen, kriegt einhundert Mark von mir, cash auf die Tatze!» Unser Direktor schlug die Hände vors Gesicht.

«Alles Quatsch!» Monsignore Stramm erhob sich zu voller Höhe mal Breite. «Man sollte lieber mal an das leibliche Wohl unserer Gäste denken.»

«Sehr richtig», sag ich, «wo soll das denn hinführen, wenn die Delinquenten bei uns über die Flure irren zwischen Computern, Batik und Ikebana! Und dann werden sie auch noch zusammengeschlagen!»

Der Monsignore war voll inhaltlich auf meiner Seite. «Und wenn sie dann auf'm Zahnfleisch bei ‹Heilig-Geist› ankommen», sagte er, «dann kriegen sie gleich Glühwein bis zum Abwinken und leckere Käsehäppchen. Und jetzt beantworten Sie mir eine Frage: An welcher Schule würden Sie Ihr Kind anmelden?»

«Nun stellt sich das Problem für Sie ja nicht, Monsignore», warf der Bodenreck abfällig ein. Sie erinnern sich: Bodenreck, ein ganz destruktiver Mensch, mein Intimfeind, wissen Sie, das ist so ein Typ, der immer alle beim Skat bescheißt und denkt, es merkt keiner.

«Jeder sollte sich auf das konzentrieren, was er kann», griemelte der Monsignore. Unser Direx begann unruhig zu werden.

«Wenn ich Sie richtig verstehe, denken Sie an einen Weinausschank in der zweiten Etage», stammelte er, «so wie vor zwei Jahren.»

Das war vielleicht damals ein Skandal gewesen. Es ist auch offiziell nie rausgekommen, wer die ganzen leeren Flaschen oben aus dem Fenster auf den Schulhof geworfen hat. Eine flog haarscharf an unserer Elternvertreterin, Frau Dünnpul, vorbei, dem Schrecken des Karl-Heinz-Plum-Guminasiums:

Vier Kinder hat die bei uns, eins dümmer als das andere, und der Mann sitzt im Schulausschuß der Stadt, da geht jede Beförderung über den Schreibtisch. Ich selbst habe ja immer noch den Monsignore im Verdacht. Der hatte schon um fünf Uhr so einen in der Kapuze, daß er sich am Kartenständer festhalten mußte, um nicht koppheister hinter die improvisierte Theke abzustürzen. Da kam mir der rettende Gedanke.

«Mens sana in corpore sano!» rief ich. «Es heißt ja schließlich nicht umsonst: Ist der Körper erst mal fit, macht der Kopp von selber mit!»

«Worauf wollen Sie denn hinaus, Herr Hinlegen?» Unser Direx war schweißgebadet.

«Ganz einfach», sag ich, «ich könnte mir vorstellen, daß der Monsignore und ich eine prima Frittenbude aufmachen könnten mit einer gemütlichen Sektbar in der Ecke.»

«Großartig!» Der Monsignore war begeistert. «Das nenne ich kulturelle Vielfalt: Fritten mit Sekt! Da ist doch für jeden etwas dabei.»

«Der Geruch geht ja jahrelang nicht mehr raus», mullte der Kleinlich, «also meine Klasse kriegen Sie dafür nicht!»

Ich sag: «Lieber einen leichten Geruch nach Fritten und Sekt in der Klasse als keine Schüler. Das tät mir mehr stinken!»

So kam es dann auch. Unsere Frittenbude war der Hit des Tages. Sie müssen sich das so vorstellen: Ich an der Fritüre mit weißer Schürze und großer Kelle, aber hallo! Das waren Fritten wie aus der Kartoffel gemeißelt, eine so braun wie die andere! Und direkt daneben ließ der Monsignore im eleganten Schwarz die Korken fliegen – ein Bild für die Götter! Kein Wunder, daß es bei uns rammelevoll war.

Und Sie werden es nicht glauben: Die Anmeldungen zur Sexta sind bei uns am Karl-Heinz-Plum um satte 5 Prozent in die Höhe geschnellt – von 60 auf 63.

Es ist ja doch ein schönes Gefühl, wenn man nicht umsonst gearbeitet hat.

Tschö wa!

Alternative Aufsatzthemen

Also, da war vielleicht mal wieder was los bei uns am Karl-Heinz-Plum-Guminasium, wie scherzhaft zu bemerken ohne weiteres einen mittelschweren Bildungsroman einzuleiten geeignet wäre. Alle Welt redet von alternativ, nur wir nicht, meinte unser Herr Direktor. Da böte sich doch ein Wettbewerb an: Die Schüler sollten Aufsatzthemen erfinden, die sie für alternativ hielten, und eine Jury könnte dann die besten prämieren. Zu allem Überfluß wurde ich auch noch in diesen Ausschuß gewählt – wahrscheinlich gehöre ich da auch hin.

Sie halten nicht für möglich, was da reinkam – zum Beispiel an sogenannten «Tiererlebnissen»: «Wie ich aus einem Blindenhund einen blinden Hund machte – mein erster Tierversuch». Und einer wollte gleich die Energiekrise lösen: «Über den Heizwert von Heuschrecken». Furchtbar, ganz furchtbar. Vergleichsweise harmlos war ja noch das Thema: «Wie ich im Zoo einmal mit einer einfachen Drahtschere für große Verwirrung gesorgt habe!»

Besser gefiel unserem Herrn Direktor: «So schön ist's nur im Försterhaus». Das kam uns zwar allen sehr bekannt vor, aber Vorschläge wie «Selber Schlachten macht Spaß» haben wir lieber gar nicht beachtet. Und ein paar Witzbolde gab's natürlich auch, zum Beispiel: «Wie unser D-a-a-ackel vor die Dampfwalze lief»; oder: «Als Waldi brannte».

Erlebnisse aus dem Bereich der Familie waren ebenfalls zahlreich vertreten, wobei man einen Einblick in die traurigen alternativen Familienstrukturen von heute gewinnen konnte: «Wie ich meinen Vater mit meiner Mutter erwischte!» «Wie ich meinen Vater mit meiner Tante erwischte!» «Als ich meinen Vater mal mit Großmutter erwischte...»

Nicht nur hierbei herrschen offensichtlich rauhe Sitten vor, und wen wundert's: «Garage in Flammen! Ein alternativer Kindergeburtstag». Und: «Wie Papi mich mal erschießen wollte und Mami sich dazwischenwarf».

Dabei scheint alternativ übrigens auch was mit Gleichgewichtsstörungen zu tun zu haben. So schrieb ein begabter Neunjähriger folgende Themensammlung: «Wie ich einmal volles Rohr vor die Wand gelaufen bin». «Wie ich einmal mit vollem Rohr vor die Wand gelaufen bin». «Wie ich mal voll bis obenhin vor ein Rohr gelaufen bin». «Wie ich mal laut röhrend vollgelaufen bin». «Als ich mal voll war und das Rohr zu».

Ich fand das ja schon fast literarisch, aber meinem Kollegen Kreuzbein war das alles viel zu pessimistisch.

«Sie wollen doch wohl der No-future-Bewegung nicht noch eine Zukunft verschaffen?» sagte er. Dabei war mit seinen sportlichen Themen auch nicht viel los. «Mein erster Platzverweis» hört sich ja nicht zwingend optimistisch an. Oder die folgende Themenserie: «Gewonnen, gewonnen!» «Wieder gewonnen!» «Schon wieder gewonnen!» «Endlich verloren!»

«Das ist eben alternativer Sportsgeist, lieber Kreuzbein», hab ich gesagt. Da war natürlich Zoppes im Kollegium. Aber nach einigen Schnäpschen haben wir uns dann doch noch auf einen Gewinner geeinigt: «So schön ist's nur in unsrer Schule!»

Ich sag nämlich immer: Nur kein Ärger in der Schule, nuur kein Ärger! Und dazu gibt es keine Alternative.

Tschö wa!

Spyros Hatzissavidis

Also, da kam ich doch letzte Woche in die berüchtigte 8b, wollte gerade meine Tasche aufs Pult knallen und ‹Ruhe› brüllen, damit die Puten merken, wer der Boss ist, aber von wegen! Alle Schüler saßen auf ihren Plätzen und waren mucksmäuschenstill.

Ich denke: Da stimmt was nicht! Und richtig, hinten in der Ecke saß der kleine Spyros Hatzissavidis und heulte wie ein ganzes Wasserschloß. Das ist der Sohnemann vom Inhaber der Taverne gleich bei uns um die Ecke, wo es diese lecker gewürzten Hackfleischröllchen mit Tsatziki gibt: Spyros Hatzissavidis, der schlimmste Feger der ganzen Klasse! Da hab ich mindestens ein halbes Jahr für gebraucht, bis ich erst mal den Namen aussprechen konnte.

Als Spyros zu uns in die Klasse kam, spielte er noch gerne Flugzeugabsturz; mit ausgebreiteten Armen lief er zwischen den Bänken durch und machte: «Ejaouuh... Womm!» Stand ich da als Autoritätsperson:

«Setz dich sofort auf deinen Platz, Hatzassi – Hassatzi – Hatzi...» – ich kriegte doch den Namen nicht raus!

Und dann rief er auch noch immer: «Gesundheit!» – Sie können sich vorstellen, was da los war. Ich meine, ich habe zwar eine Weile gebraucht, ihm das Fliegen abzugewöhnen, aber der Knabe hatte sofort bei mir 'nen Stein im Brett: Der ist nämlich wirklich witzig, so einer von den seltenen netten Flegeln, wo man weiß: Aus dem wird mal was!

Na jedenfalls: Dieser Spyros Hatzissavidis saß mit knallrotem Kopf in der letzten Reihe und war am heulen.

«Was ist los, Spyros?» hab ich gefragt.

Da sah ich erst, daß der richtig Nasenbluten hatte. Im ersten Moment dachte ich natürlich, es hätte eine Prügelei gegeben, und sag:

«Wer hat angefangen? Raus mit der Sprache, sonst gibt es Ärger!»

Und das will was heißen, wo doch mein Wahlspruch eigentlich heißt: Nur kein Ärger in der Schule, nuur kein Ärger! Ich war stinksauer, denn wenn ich eins nicht leiden kann, dann ist das diese ewige Hauerei, da werd ich zum Elch, wir sind doch nicht mehr im Neandertal!

Aber aus dem Jungen war nichts herauszubekommen. Der saß nur ganz still da, hielt sich das Taschentuch unter die Nase, und auch die anderen sagten keinen Ton.

Ich habe ihn dann in Ruhe gelassen, weil er mir leid tat, aber nach der Stunde nahm ich mir sofort Heidelinde Dünnpul vor, die kann nämlich den Mund nicht halten. Das hat sie von ihrer Mutter, die sich von Sprechstunde zu Sprechstunde durchnervt; Frau Dr. Gesine Dünnpul, auch bekannt als «Schrecken des Karl-Heinz-Plum-Guminasiums», wie scherzhaft zu bemerken mir angesichts solch roher Gewalt nur widerstrebend, aber was hat man denn für Alternativen, über die Lippen kommt. Ich sage ganz streng:

«Du erzählst mir jetzt sofort, wer sich da gehauen hat, sonst kriegst du eine Fünf!» – Die ist ja so blöd und glaubt das.

Prompt fing es an, aus dem Mädchen herauszusprudeln: Der Spyros Hatzissavidis hätte mal wieder keine Aufgaben gehabt in Erdkunde, der wäre ja immer so faul, und da hätte ihn der Herr Oberstudienrat Bodenreck furchtbar ausgeschimpft. Sie erinnern sich: Bodenreck, mein Intimfeind, das ist ein ganz übler Fall, mit dem habe ich ständig den allerschlimmsten Ärger.

«Du fauler Griechenlümmel», hätte er gesagt, und dann hätte sich der Spyros, Gesicht zur Wand, in die Ecke stellen und sich schämen sollen. Das wäre sehr lustig gewesen, vor allem das mit dem Griechenlümmel, und alle hätten sehr gelacht. Aber dann hätte der Spyros gesagt: «Nein!» und hätte sich einfach wieder hingesetzt.

Da wäre der Herr Oberstudienrat Bodenreck ganz furchtbar zornig geworden und hätte ihm eine Ohrfeige gegeben, das heißt, eigentlich wären es drei oder vier gewesen, genau wüßte sie das nicht mehr, und ob sie jetzt eine Fünf bekäme?!

Ich war ja fertig mit den Nerven. Ich habe sofort mit dem Direktor gesprochen und bin am Abend in die Taverne gegangen, um mit den Eltern zu reden.

«Herr Hatzissavidis», sag ich, «mir tut das alles furchtbar leid, aber Sie müssen was unternehmen, und zwar schriftlich! Denn wenn Sie sich nicht beschweren, dann gibt es kein Verfahren, und auch der Direktor kann nichts machen.»

«Herr Hinlegen», meint er, «bin ich jetzt acht Jahre in Deutschland, verstehen Sie? Bin ich froh, daß ich Konzession habe!»

«Das hat doch damit nix zu tun», sag ich, «das ist eine ganz andere Behörde! Und außerdem: Wir leben schließlich hier in einem freien Land!» Da guckt er mich so an und meint:

«Herr Hinlegen – hat kein Zweck! Bin ich acht Jahre in Deutschland. Habe ich was gelernt: Nur kein Ärger mit deutsche Beamte, nuur kein Ärger! Trinken Sie lieber ein Ouzo mit mir, bitteschön!»

Also, es gibt Momente, da möchte man seinen Job an den Nagel hängen. Und eines Tages tu ich das auch – dann mache ich 'ne Kneipe auf. Vorausgesetzt, ich kriege die Konzession.

Tschö wa!

Finaler Frohsinn

Also das war ja mal wieder ein Dingen vorgestern bei uns am Karl-Heinz-Plum-Guminasium, wie scherzhaft zu bemerken in diesen tollen Tagen sicherlich die meisten Büttenreden an Wortwitz bei weitem übertrifft.

Unser Lehrerrat hatte es sich nicht nehmen lassen, eine alte Tradition wieder aufzugreifen, was ich im vorigen Jahr noch mit Mühe und Not hatte verhindern können: die berühmtberüchtigte Karnevalsfete des Lehrerkollegiums.

Diesmal fand sie Donnerstag abend statt: Weiberfastnacht und Kostümzwang. Das erste war schon schlimm genug, aber das zweite hasse ich ja wie die Pest.

«Was sollen wir denn da anziehen?» hab ich Inge gefragt.

Meinte die:

«Wieso wir? Ich bin heute abend mit unserer Frauen-AG ‹Rettet das Feuchtbiotop› verabredet.»

«Was habt ihr denn da vor?» sag ich.

«Wir gehen als Hexen ein bißchen Männer jagen – amüsier du dich ruhig allein mit deinen Langweilern. Dann bist du wenigstens von der Straße.»

«Als Hexe?» sag ich. «Ach so!» Da hast du das Kostüm ja auch praktisch gespart – wollte ich noch hinzufügen, aber ich hab es dann lieber gelassen: Nur kein Ärger mit Hexen, nuur kein Ärger, schon gar nicht auf Weiberfastnacht und erst recht nicht, wenn man mit ihnen verheiratet ist.

Schließlich habe ich mir einen langen roten Streifen auf den Rücken geklebt und bin als Klassenarbeitsheft gegangen. Im letzten Moment band ich mir allerdings noch 'ne Krawatte um, denn: Sollte es zu einer Beschneidung kommen, dann wenigstens an der richtigen Stelle.

Na jedenfalls, der Abend nahm seinen Lauf so, wie befürchtet. Kollege Schwundling hatte das Lehrerzimmer wieder mit alten Nato-Tarnnetzen ausgeschmückt, daß es eine Freude war. Der wäre nämlich gern bei der Bundeswehr geblieben und läßt keine Wehrübung aus. Klar, daß so jemand bestens qualifiziert ist zur Ausrichtung einer ordnungsgemäß durchgeführten Karnevalsfeier. Luftschlangen, Girlanden und ähnliche Frohsinnsartikel für mindestens 15 Mark 60 waren geschickt in die Tarnnetze drapiert, will sagen: Wenn man nicht ganz genau hinguckte, war nichts davon zu entdecken. Gelernt ist eben gelernt.

Auch für den musikalischen Rahmen war hervorragend gesorgt. Die Karl-Heinz-Plum-Combo, bestehend aus sechs Oberstufenschülern, spielte von La Bostella bis Polonäse Blankenese das ganze Karnevalsrepertoire rauf und runter. Ich sag zu unserem Monsignore Stramm:

«Wo haben die eigentlich diesen verbogenen Geschmack her?»

«Ich fürchte, Herr Hinlegen, das ist das, was man Imitationslernen nennt», sagte der Monsignore, griff hinter die Garderobe und zog eine Flasche Rotwein hervor. Hatte unser ehrwürdiger Religionspädagoge doch in geistesgegenwärtiger Vorwegnahme der verzweifelten Getränkelage lieber aus den eigenen Beständen eine Kiste erstklassigen Macon Rouge mitgebracht, den wir uns dann gemeinsam eingepfiffen haben.

Dabei hätte ich unseren Monsignore um ein Haar gar nicht erkannt: Der war nämlich als Kaplan verkleidet. Überhaupt gab es wieder phantastische Kostüme: Fräulein Schwiemel aus dem Sekretariat war als Schreibmaschine gekommen – mit der Aufschrift «Willst du nicht mein Tipp Ex sein?» Und unser Direktor hatte den Vogel der närrischen Phantasie auf dem Gewissen: rot-weiß gestreiftes Ringelhemd, Pappnase und Sonnenbrille.

Zu erwähnen wären noch Fräulein Müller-Siebenknick als Bachforelle, unsere Referendarin Kaczmarek als Alpenveilchen, der Schwundling als Fahrradpumpe und der Kleinlich als Schimanski. Der handwarme Mosel «extrasüß» hatte schon seine segensreiche Wirkung getan, da kam es auch prompt zu den ersten diplomatischen Verwicklungen.

Ich meine nicht die sogenannte Büttenrede unseres Direktors, die nach etwa zehn Minuten wegen akuter Sprachstörungen mit den Worten: «Fritzzen, wasschellstudir unnereiner Hängeb . . ., Hängeb . . ., Hängerügge vor . . . Brurrps . . .» – sozusagen ins Wasser fiel und abrupt abbrach; ich meine auch nicht Frau Stöckleins rasanten Bauchtanz durchs kalte Buffet, der zwischen Käsewürfeln und Schinkenröllchen im wahrsten Sinne des Wortes zum Erliegen kam. Nein, der Kleinlich soll doch auf der Klassenfahrt nach Paris ein ganz besonders herzliches Verhältnis zu unserer Referendarin Kaczmarek entwikkelt haben – verstehen kann man es schon. Denn unser Fräulein Kaczmarek, Mathematik / Physik, das ist die Kurvendiskussion, wie sie leibt und lebt, da wird es einem schwarz vor Augen vor lauter Extremwerten.

Und als sich unser Alpenveilchen und ihr Schimanski bei einem langsamen Foxtrott Stück für Stück im Krebsgang ins Garderobenzimmer verdrückt hatten und gerade dabei waren, die Kostüme zu tauschen, da stand plötzlich Frau Kleinlich in der Tür – als Hirschkuh. Die hatte nämlich doch noch wider Erwarten einen Babysitter gefunden und ihren Mann überraschen wollen. Also, die Überraschung war ihr ja auch gelungen, aber Sie werden es nicht glauben: Es muß unserem Kleinlich-Schimanski gelungen sein, den Ort des Geschehens blitzartig durch das Parterrefenster zu verlassen – sozusagen als Richard Kimble – «auf der Flucht».

Fassungslos saßen der Monsignore und ich neben unserer Weinkiste und beobachteten das lustige Treiben. Was mich immer wieder verwundert, sind die Verhaltensänderungen, zu denen viele Mitmenschen durch den Alkohol befähigt werden. Kollegen, die sich sonst nicht mal grüßen, lagen sich in den Armen, küßten sich und sangen gemeinsam Lieder, deren Text sie nicht kannten – von der Melodie ganz zu schweigen.

Doch als ich dann mal aufs Klo mußte, da wurde ich Zeuge einer menschlich beeindruckenden Begebenheit, wie man sie nur in den Festtagen des finalen Frohsinns erleben kann: Die sonst unüberwindlichen Schranken zwischen Lehrer und Schüler brachen zusammen: Der Pädagoge Kleineidam und der Schüler Alfons Wegtrat von der Karl-Heinz-Plum-Combo – beide kotzten gemeinsam in ein und dasselbe Becken.

Da sieht man mal wieder, wozu Karneval gut ist.

Tschö wa!

Fastenzeit

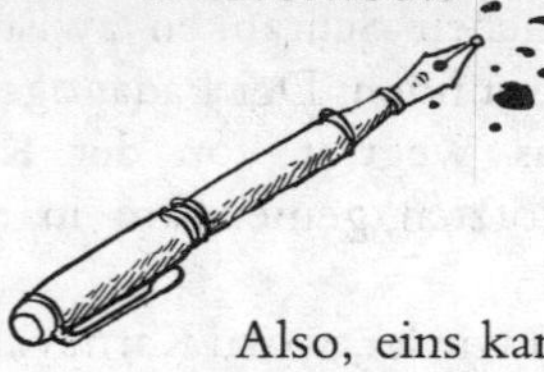

Also, eins kann ich Ihnen sagen: So wie dieses Jahr habe ich mich noch nie auf Ostern gefreut. Als ich heute mittag nach Hause geschlichen kam, roch ich schon im Treppenhaus, daß ein neues Zeitalter bevorstand, und wie ich in die Küche stürzte, wurde es zur Gewißheit. Inge stand am Herd und briet Zwiebeln in Butter an, die anschließend in Rotwein eingelegt wurden – als Beilage zum morgigen Lammbraten. Mir lief dermaßen das Wasser im Munde zusammen, das Schmelzwasser am Oberrhein ist ein klägliches Rinnsal dagegen.

«Das riecht aber gut», sag ich und beuge mich so schnuppernd über die Pfanne, da stößt mich meine Frau brutal zur Seite.

«Du wirst dich doch wohl den einen Tag noch zusammenreißen können», sagt sie, «wir haben abgemacht, drei Wochen Fastenkur, und die sind erst morgen um.»

Ich bin lieber schnell ins Nebenzimmer gegangen und habe mich an der 12er Klausur über Brechts «Leben des Galilei» abreagiert. Schrieb doch der Karlheinz Dünnpul allen Ernstes:

> «Galilei war ein großer Wissenschaftler, aber ein schwacher Mensch. An einem Apfel fand er heraus, daß sich die Erde um die Sonne dreht. Als man ihm aber die Instrumente zeigte, aß er nur noch Gänseleber mit Äpfeln, und es war ihm egal, worum sie sich drehten.»

Im ersten Moment wollte ich schon ein dickes, rotes Fragezeichen an den Rand kringeln, aber dann kam ich ins Grübeln, und vor meinem geistigen Auge erschien auf meinem Schreibtisch ein überdimensionaler Gänsebraten nebst einer Riesenschüssel hausgemachter Kartoffelklöße und Bergen von lecker dampfendem Apfelrotkraut.

Irgendwie hatte der Galilei schon recht gehabt: Ob ich nun ein Filetsteak mit Kräuterbutter verspeise, oder mir einen zweistöckigen Gummi-Hamburger reinziehe, die Erde dreht sich doch, wie sie will.

Na jedenfalls: Vor drei Wochen kam Inge abends von ihrer Frauengruppe nach Hause und verkündete, sie würde nun drei Wochen lang bis Ostersonntag eine Fastenkur durchführen. Das hätten sie in der Gruppe einstimmig beschlossen. Und sie würden erwarten, daß sich die männlichen Partner solidarisch verhalten.

Ich war sofort einverstanden:

«Kein Problem, Ingekind, ich gehe mittags mit dem Monsignore Stramm essen, und abends nehme ich einen Imbiß im Arbeitszimmer. Da kommst du gar nicht in Versuchung.»

«Du hast sie wohl nicht alle!» rief meine liebe Frau. «Selbstverständlich fastest du solidarisch mit. Dir paßt doch jetzt schon keine Hose mehr.» Und bevor ich noch Luft holen konnte – schon wegen der Hose –, ging die Arie weiter, aber fortissimo.

«Guck mal in den Spiegel! Du siehst doch aus wie ein aufgeblähter Joghurtbecher, der seit zwei Wochen um ist.»

Und daß du nur noch in superweiten Pullovern und sackartigen Gewändern rumläufst, ist doch auch kein Zufall – wollte ich schon losbelfern, aber dann habe ich mir gedacht: Nur kein Ärger mit der Gattin, nuur kein Ärger, schon gar nicht in so gewichtigen Fragen.

Mit Schrecken dachte ich an Frau Nöthig, meine Kollegin vom Karl-Heinz-Plum-Guminasium, wie ich auch im entkräftetsten Zustand noch scherzhaft zu bemerken fähig und guten Willens bin. Alles hat die arme Frau probiert: Heilfasten mit Gemüsebrühe und Säften, Ahornsirup mit Zitrone, Glaubersalz – die Wirkung war gleich Null. Da hat sie in ihrer Verzweiflung mit einer dreiwöchigen Nulldiät angefangen. Ich höre sie noch schwadronieren:

«Der Körper muß endlich mal total entschlackt werden, das befreit Leib und Seele, stärkt die Augen und außerdem tut das unser Bundeskanzler auch.»

Von da an hat sie jegliche Nahrungsaufnahme eingestellt. Jeden Tag schien sie ein paar Zentimeter höher über dem Erdboden zu schweben. Der Schwundling, unser Hausbiologe, schüttelte nur noch den Kopf und meinte, das seien die ersten Anzeichen einer Hungerekstase.

«Beim Fasten ändert sich nämlich der Hirnstoffwechsel», sagte er. «Während die objektive Leistungsfähigkeit zurückgeht, bilden sich jede Menge körpereigene Morphine und erzeugen euphorische Illusionen. Auf gut deutsch: Je schlechter es einem geht, um so besser fühlt man sich.» Da hatte der Mann leider recht. Auf dem Weg zu ihrem Schönheitsideal ist Frau Nöthig zu guter Letzt magersüchtig geworden und im Krankenhaus gelandet.

Ich habe Inge dieses abschreckende Beispiel in den leuchtendsten Farben ausgemalt. Aber sie wußte natürlich alles besser:

«Du lebst wirklich hinter dem Mond», sagt sie, «selbstverständlich kommt für uns nur eine kalorienreduzierte Mischkostdiät in Frage.»

Und so kam es, wie es kommen mußte. Drei Wochen lang Sojasprossenkeimlinge, Zitrusfrüchte, selbstgebackenes Vollkornknäcke und kaltgeschleuderter kanadischer Kleeblütenhonig. Also ich sage Ihnen: Eine Vollkornmühle kann ich inzwischen im Schlaf bei Stromausfall auseinandernehmen und zusammensetzen, ohne daß ein Korn verlorengeht.

Apropos Korn: Der Monsignore, mit dem ich regelmäßig im «Goldenen Schlüssel» einen gepflegten Schoppen nehme, war ganz entsetzt, als er mich mit Mineralwasser da sitzen sah. Ich habe dann einen Kompromiß geschlossen und mich bei zwei Glas Rotspon eingepegelt.

Wenn man allerdings nur drei Löffel Honig gefrühstückt hat, haut das ganz schön rein. Inge hat mich prompt gefragt, wieso ich neuerdings so gut gelaunt wäre.

«Das ist 'ne reine Hungereuphorie», habe ich gesagt, «die Morphinchen, verstehste?»

Jetzt wollen Sie sicher wissen, ob sich die ganze Quälerei gelohnt hat? Aber klar! Bei Inge sind sage und schreibe drei

Kilo runter. Und ich hatte vor drei Wochen noch ein sattes Kampfgewicht von 85 Kilo. Und heute? Exakt 170 Pfund! Das heißt doch klipp und klar: Kein Gramm zugenommen, und trotzdem gesund geblieben!

Da kann ich morgen ja ruhig wieder ein Ei mehr essen.

Tschö wa!

Reife Abiturienten

Also, wissen Sie eigentlich, wovor selbst die hartgesottensten Lehrer einen Riesenbammel haben? Vor fertigen Abiturienten, genau! Dreizehn Jahre lang sind sie fertiggemacht worden, dann sollen sie endlich beweisen, wie reif sie sind. Fragt sich nur, wofür.

Auf «Heilig-Geist» zum Beispiel wurden voriges Jahr alle Toiletten mit Zement dichtgemacht. War bei uns natürlich Hochbetrieb am Karl-Heinz-Plum-Guminasium, wie ich gerne scherzhaft gerade dort, wo die Not am größten ist, zu sagen pflege – ich hab schon immer die Meinung vertreten, daß die Schule in ihrer höchsten Vollendung eigentlich eine Bedürfnisanstalt ist.

Vor der Franz-Branntwein-Gesamtschule hatten sie das Hauptportal mit sechs Fuhren Müll zugekippt – auch nicht schlecht. Nur dem armen Hausmeister, der das entsorgen mußte, ist wahrscheinlich schlecht geworden. Und an der Heinrich-Lübke-Realschule waren die Rabauken auf die tolle Idee gekommen, mit allen möglichen Pauken, Trompeten und sonstigen Instrumenten einen derartigen Lärm zu veranstalten, daß ein ordnungsgemäßer Unterricht absolut nicht mehr denkbar war.

Aber das ist ja inzwischen so eine Art sportlicher Ehrgeiz der Aburenten: Wenn sie erst mal ihren Schein sicher haben, wollen sie doch wenigstens einen Tag den Unterricht zum Erliegen bringen, koste es, was es wolle.

Auch bei uns ging es letztens wieder mächtig rund. Ich kam morgens kurz vor acht zur ersten Stunde, da war die ganze Straße versperrt von Sambatänzern; Karneval in Rio ist nichts dagegen. Mir war sofort klar: Nur kein Ärger mit Abiturienten, nuur kein Ärger! Schon gar nicht, wenn sie Samba tanzen.

Ich habe meinen Wagen einfach am Straßenrand stehen lassen, mir die netteste Sambatänzerin geschnappt und mich mit ihr bis zur 7a durchgeschlagen. Das hätten Sie mal sehen sollen! Wo meine Frau Inge doch immer sagt, ich wäre der profilierteste Nichttänzer, der sie je betreten hätte.

Aber so ist das eben: Man wächst mit seinen Anforderungen. Und außerdem hatte ich die Gabi Senftleben erwischt – meine Herren! Von einem Kostüm konnte praktisch keine Rede sein. Da war mir nicht mehr nach Grammatik zumute. Am liebsten wäre ich mit ihr weitergetanzt bis in den Kartenraum und hätte mir mal zeigen lassen, wo Timbuktu liegt.

«Sie haben den Rhythmus aber im Blut, Herr Hinlegen», flötete Gabi Senftleben und strahlte mich mit ihren blauen Augen an. Ich wollte mich gerade für den Tanz bedanken, da trat ich auf was Weiches.

«Oh, Entschuldigung», sag ich, gucke so an mir runter und sehe ein Meerschweinchen, das wie vom Blitz geölt Richtung Musiksaal verschwindet.

«Ich glaube, das war eine Umdrehung zuviel», sag ich. «Mir war so, als hätte ich ein Meerschwein getreten.»

«Das kann gut sein», meinte meine flotte Eintänzerin, «wir hatten nämlich eine geile Idee: Jeder, der das Abitur geschafft hat, muß heute ein Tier mitbringen. Ja, und die laufen jetzt natürlich alle hier rum.»

In diesem Moment ertönte ein tierischer Schrei aus dem Musiksaal. Ich stürzte sofort in unseren Musentempel, da stand das Fräulein Müller-Siebenknick leichenblaß bis unter die Stimmgabel.

«Eine Ratte!» schrie unsere zarte Musikpädagogin. «Eine Ratte! Iiiiih!» Und – paaf! – fiel sie direkt neben ihrem Flügel in Ohnmacht.

Wie kann man nur ein Meerschweinchen mit einer Ratte verwechseln, hab ich gedacht, doch in diesem Moment sah ich ein Riesenexemplar von Ratte oben auf dem Flügel von C nach F hüpfen.

Eins war klar: Hier mußte Erste Hilfe geleistet werden!

«Ich hole Ihnen sofort einen Cognac, Fräulein Müller-Siebenknick», sag ich, «oder zwei, ich könnte jetzt auch einen gebrauchen.»

Und Sie glauben es nicht! Wie ich die Treppe runterlief zum Lehrerzimmer, kam es mir vor, als ob ich in die Arche Noah geraten wäre: Hunde, Katzen, Hamster, Schildkröten, Hühner – in rauhen Mengen. Und als ich zufällig aus dem Fenster guckte, muhten und meckerten da drei Kühe und acht Ziegen über den Schulhof.

Endlich hatte ich das rettende Lehrerzimmer erreicht und nahm erst mal 'nen ordentlichen Schluck Cognac zu mir – ich habe nämlich immer einen kleinen Notvorrat hinten in meinem Fach. Ich wollte die Flasche gerade noch mal ansetzen, da bemerkte ich überhaupt erst den Kollegen Kleinlich, der auf dem Konferenztisch stand und versuchte, mit seiner Aktentasche einen Papagei einzufangen, der durch den Raum flatterte und krächzte:

«Peinlich – peinlich, dieser Kleinlich!»

Beinahe hätte er das Tier auch erwischt, aber im letzten Moment rutschte er ab und schlug lang auf den Boden.

Da soll noch einer sagen, die heutigen Abiturienten hätten keine Ausdauer mehr. Die müssen doch mindestens ein halbes Jahr mit dem Papagei geübt haben! Aber so ungerecht ist die Welt: Die kriegen das Zeugnis, und der Vogel ist reif – für die Insel.

Tschö wa!

Geklaute Klausuren

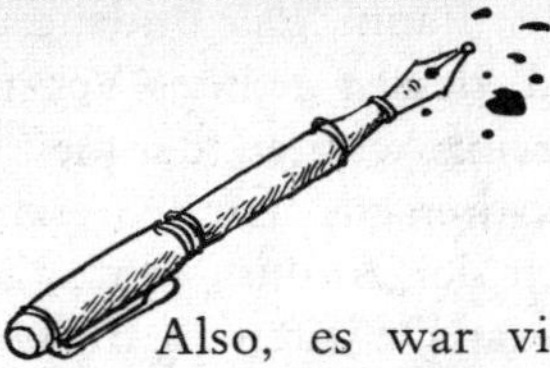

Also, es war vielleicht wieder was los bei uns am Karl-Heinz-Plum-Guminasium, wie ich immer wieder gerne – auch in schlichter Form – scherzhaft zu bemerken pflege.

Dienstag hatten wir nämlich Leistungskursklausuren in der 12, das ist schon Arbeit genug, und als es am nächsten Morgen hieß, es gäbe auch noch eine außerplanmäßige Lehrerkonferenz, waren alle sauer. Und das ausgerechnet am späten Mittwochnachmittag, da war die erste Halbzeit Ungarn-Deutschland schon mal mit Sicherheit im Eimer. Und wie lange unser Direx nachspielen läßt, weiß man ja nie.

Aber das Komischste war, daß die ganze Tagesordnung nur aus einem Punkt bestand: «Verschiedenes». Monsignore Stramm sagte sofort:

«Herr Hinlegen, da ist der Wurm drin. Und das Wetter wird auch schlechter – ich spüre das am rechten Knie.»

Und so kam es denn auch. Die Kacke war mächtig am Dampfen: Irgend jemand hatte die Mathematikklausur vom Kleinlich spurlos verschwinden lassen – der war völlig fertig mit der Welt. 21 Klausuren von Unterprimanern, die stundenlang mit Kurven und Tangenten gekämpft hatten, um Abiturpunkte zu erringen! Der Kleinlich schwor Bein und Stein, er hätte die Bögen im Lehrerzimmer auf den Tisch gelegt und wäre nur mal zehn Minuten rausgegangen, weil er Aufsicht auf dem Hof machen mußte – und schon wären sie weg gewesen.

Unser Direx war ganz schön am Flattern.

«Liebe Kolleginnen und Kollegen», sagt er, «ich brauche wohl nicht eigens auf den Ernst der Lage aufmerksam zu machen. Wer von Ihnen kann sachdienliche Hinweise geben zum Verbleib der betreffenden Klausuren?»

Sofort schwirrten die wildesten Gerüchte und Verdächtigungen durch den Raum. Der Bodenreck, Sie erinnern sich, mein Intimfeind, dessen größtes Vergnügen darin besteht, Schülern einen reinzuwürgen, der meinte, daß bestimmt ein Schüler die Klausuren aus dem Lehrerzimmer gemopst hätte – wahrscheinlich der Alfons Wegtrat, der stände bei ihm schon mit ein paar Defiziten zu Buche; wenn der jetzt die Arbeit verhauen hätte, dann wäre das praktisch die rote Karte für den Jungen. Und so eine Null wie der hätte sowieso nichts an dieser Anstalt zu suchen.

«Das ist eine Unverschämtheit!» rief der Kleinlich, der mit dem alten Wegtrat zusammen im Vorstand der St. Sebastianus-Schützen sitzt. «Da sind Sie mindestens genauso verdächtig, Herr Kollege! Der Hufnagel Markus ist auch in dem Kurs, und das ist schließlich Ihr Patenneffe.»

«Was wollen Sie damit sagen?» schrie der Bodenreck. Es herrschte eine Stimmung – Waterkantgate war nichts dagegen.

«Na ja», sagt der Kleinlich, «Ihr hochintelligentes Patenkind steht noch wesentlich schlechter als der Wegtrat, und für Sie wäre es doch eine Kleinigkeit, so eine Klausur ... Sie verstehen, was ich meine.»

In dem Stil ging das munter weiter. Und ich mußte plötzlich an diesen nie aufgeklärten Vorfall denken, als sich vor zwei Jahren auf geheimnisvolle Weise in der Zeugnisliste einige Noten wie von Geisterhand geändert hatten. Da hätte der Herr Kujau noch was lernen können! Aber als es rauskam, war das Zeugnis schon geschrieben und der Hufnagel versetzt.

Stundenlang wogte die Diskussion hin und her. Es hagelte Unterstellungen und Beleidigungen, ohne daß auch nur das Geringste dabei herausgekommen wäre. Ich habe schließlich eine Raucherpause beantragt, bin schnell nach Hause gefahren und bekam noch gerade die letzte Viertelstunde vom Länderspiel mit. Also ehrlich gesagt: Dagegen war die Konferenz richtig spannend.

Am nächsten Morgen kam ich wie immer auf den letzten

Drücker in die Schule und wollte auf den Gongschlag genau rasant ins Lehrerzimmer sprinten, da hätte ich ums Haar den Dr. Firmenich mit einem sauberen Bodycheck zu Boden geschickt. Das ist ein alter Studienkollege von mir, der es inzwischen zum Seminarleiter gebracht hat, will sagen: Er bildet arbeitslose Lehrer aus.

Und der fragte, ob ich nicht mit in die Lehrprobe vom Noppeney kommen könnte. Er hätte nämlich einige Schwierigkeiten mit unserem Kunstreferendarius. Dabei gibt der Mann sich unwahrscheinlich viel Mühe: Diesmal hatte er offensichtlich den ganzen Werkraum komplett mit Zeitungen ausgelegt, weil in der Lehrprobe mit Gips gearbeitet werden sollte.

Wir hatten den Raum kaum betreten, da rutschte der Firmenich auf dem Papierbelag aus und schlug der Länge nach hin. Ich sag noch:

«Josef, hoffentlich hast du dir nichts gebrochen, obwohl: Gips ist ja genug da!» Und wie ich ihm aufhelfen wollte, guckte ich so auf den Boden und traute meinen Augen nicht: Lagen da zwischen Anzeigen und Kleiderreklame jede Menge Klausurbögen, und darauf stand: Erste Klausur Mathematik 12/I.

Von wegen geklaut! Wie sich dann herausstellte, hatte der Noppeney sich am Dienstag vom Hausmeister einen Stapel alter Zeitungen besorgt und in seiner Schusseligkeit auf dem Packen Klausuren vom Kleinlich abgelegt. Und Frau Katanzidis, unsere verdiente Reinigungsfee, die prima putzen, aber leider kein Wort Deutsch kann, hatte dann mit dem Papier den Werkraum doppelt und dreifach ausgelegt, damit sie nicht hinterher die ganze Sauerei wegmachen mußte. Ich sag:

«Herr Noppeney, wären Sie mal so freundlich und warten 'nen Moment draußen? Ich muß vor der Stunde noch was mit dem Dr. Firmenich unter vier Augen besprechen. Und lassen Sie bitte auch die Schüler so lange nicht rein, bis wir fertig sind.» Da hätten Sie mal zwei gestandene Pädagogen in Rekordzeit auf allen vieren über den Boden rutschen sehen können – Gazellen sind plumpe Geschöpfe dagegen.

Und die Lehrprobe wurde auch ein voller Erfolg. Bloß der Boden, der sah vielleicht hinterher aus: Gips, so weit die Füße tragen. Ich bin dann vorsichtshalber über die Hintertreppe rausgegangen. Unsere Putzfee hat nämlich mächtig Haare auf den Zähnen! Deshalb sag ich immer: Nur kein Ärger mit Frau Katzanzidis, nuur kein Ärger – sonst wird man am Ende noch weggeputzt.

Tschö wa!

Ei um Ei

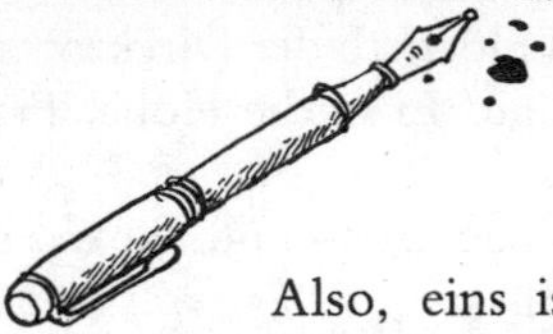

Also, eins ist ja immer wieder schön: Das kollegiale Ostereiersuchen am Karl-Heinz-Plum-Guminasium, wie ich scherzhaft zu bemerken selbst nach dem Genuß von vier harten Eiern mit Salz und Senf auch mit vollem Mund noch so gerade in der Lage bin.

Es ist nämlich eine ganz alte Tradition in unserer ehrwürdigen Anstalt – so alt, daß sich selbst unser Hausmeister, der olle Kaminski, nicht mehr entsinnen kann, wann das angefangen hat.

Am letzten Schultag vor Ostern, wenn die Schüler in die Ferien entlassen sind, treffen sich alle Lehrer noch zu einem gemütlichen Beisammensein. Und das sieht so aus: Jeder bemalt ein Osterei und versteckt es möglichst unauffällig im Lehrerzimmer. Nach dem Eiersuchen steigt dann das allseits beliebte Eiertitschturnier, das in den letzten beiden Jahren der Bodenreck gewonnen hat, der alte Miesling, inklusive der Siegprämie in Form einer Magnumflasche Cognac. Da hat aber jeder gemerkt, daß was faul war mit dessen Ei, nur nachweisen konnte natürlich keiner was.

Sie glauben gar nicht, was alles zum Vorschein kommt bei so einer Eiersuche. Wer hätte schon gedacht, daß Fräulein Müller-Siebenknick drei Flaschen Klosterlikör in ihrem Fach aufbewahrt, geschickt getarnt durch eine Klavierausgabe der Beethovensonaten? Oder daß beim Kleineidam zwischen seinen Erdkundebüchern ein Stapel Pornohefte lag – die hätte er kurz vor Weihnachten einem Tertianer abnehmen müssen und dann völlig vergessen. Stand er da mit hochroter Birne, während Frau Nöthig interessiert in den Heften blätterte.

«Geben Sie mir doch die Hefte», sagte der Neuner, «ich kann das Material vielleicht für ein Unterrichtsprojekt in der Unterprima verwerten. Wir arbeiten da nämlich zur Zeit an gesellschaftskritischen Kollagen zum Thema: ‹Die visuelle Ausbeutung der Frau im Klappbild›.»

«Ich hab eins!» rief plötzlich der Direktor und hielt triumphierend ein blaugrünes Ei in die Höhe. Frau Nöthig war begeistert:

«Das ist aber toll eingefärbt – und wie das schimmert! Ein richtiges Direktorenei!»

«Das ist nicht gefärbt», blies sich der Schwundling auf, unser Hausbiologe, «das stammt original von einem Hochgebirgshuhn aus den Anden. Ich habe es speziell für Sie ausgesucht, Herr Direktor.»

«Aha», sag ich, «in den Anden ist es wohl so kalt, daß die Eier schon blaugefroren aus dem Huhn fallen.» Da hatte ich wieder einen Freund mehr. Wie ich immer sage: Nur kein Ärger mit Kollegen, nuur kein Ärger! Schon gar nicht mit so 'nem Ei.

In diesem Moment guckte ich in ein Fach, auf dem kein Name stand, und traute meinen Augen nicht: Lag da ein Mordsgebiß und daneben ein verstaubtes Osterei mit der Aufschrift: «Linzenich».

«Ist es denn möglich?» rief der Monsignore. «Linzenich! Der Werner Linzenich! Der ist '58 in Pension und vor sechs Jahren verstorben. Da liegt das Gebiß ja schon – lassen Sie mich nicht lügen – fast 30 Jahre hier!»

«Und das Ei erst mal», sag ich, «das könnte gut und gerne noch ein paar Jahre älter sein. Sollen wir's mal aufmachen?»

«Um Gottes willen!» Der Monsignore war entsetzt: «Hinterher ist das womöglich ein Überraschungsei.»

«Überraschungsei?» rief der Neuner. «Was ist denn das?»

«Na ja», sag ich, «stellen Sie sich mal vor, Sie finden so 'n Ei, und da steht drauf: ‹Arbeitszeitverkürzung›. Und dann machen Sie's auf, und was ist drin? Ein hartgekochter Lafontaine!»

«Ach so», meinte der Neuner, «ich verstehe: Zum Beispiel ein Ei, auf dem steht ‹Schwier›. Und was ist drin? Lauter Gesamtschulen!»

«Aber das dickste Ei ist das, wo draufsteht: ‹Liberale Afrikapolitik›», sage ich, «denn was ist es in Wirklichkeit? Ein Straußenei!»

Na jedenfalls: Nach einer guten Stunde hatten alle ihre Eier gefunden, und zum krönenden Abschluß wurde dann im K. o.-Verfahren der Kollege mit dem härtesten Ei ausgetitscht.

Es war wie verhext. Ein Ei nach dem anderen räumte der Bodenreck mit lautem Splittern aus dem Wege. Schließlich stand er im Finale dem Neuner gegenüber, der sich bravourös durchgetitscht hatte. Ich sag:

«Zwanzig Mark auf das Ei vom Neuner!»

«In Ordnung», rief der Bodenreck und schlug zu. Es krachte mächtig, und die beiden Finalisten verschwanden in einer weißen Staubwolke. Fassungslos starrte der Bodenreck auf seine rechte Hand, in der sich nur noch einige Gipskrümel befanden.

Hatte dieser Sausack doch tatsächlich die ganze Zeit mit einem Nestei getitscht – das sind diese Gipseier, die der Bauer dem Huhn ins Nest legt, damit es sich etwas animiert fühlt.

Was er allerdings nicht wissen konnte, war, daß der Monsignore und ich den Neuner überredet hatten, mit einem Holzei anzutreten – der arbeitet nämlich viel mit Holz.

Wie heißt es doch in der Bibel? Auge um Auge! Oder, wie der Engländer sagt: Eye um Eye!

Tschö wa!

Die Schulbuchfrage

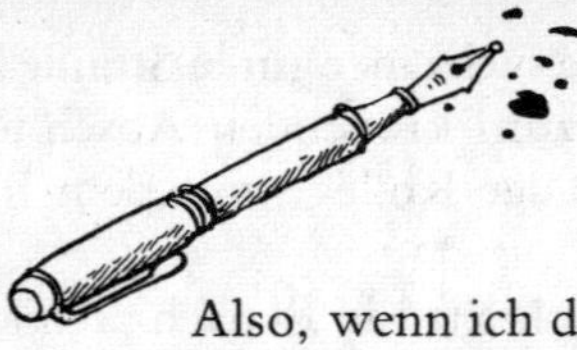

Also, wenn ich das schon immer höre: Lehrer hätten nachmittags frei, unkündbare Arbeitsstellen und dann auch noch die ganzen Ferien.

Ich will ja nicht bestreiten, daß es ein paar schwarze Schafe gibt, wie zum Beispiel den Kollegen Bodenreck bei uns am Karl-Heinz-Plum-Guminasium, wie ich auch unter dem Eindruck anstrengender Urlaubstage scherzhaft zu bemerken nicht unterlassen möchte. Der drückt sich vor jeder Klassenfahrt und korrigiert derartig oberflächlich, daß man ihn nur in der Unterstufe einsetzen kann. Kein Wunder, daß er frühnachmittags bei Grün-Weiß schon im Tiebreak steht, wenn ich nach der achten Stunde gerade mit hängender Zunge am Tennisplatz vorbeikomme.

Zum Beispiel jetzt in diesen sogenannten Ferien: Von wegen Lanzarote! Nicht nur, daß ich Inge versprochen hatte, die Wohnung zu renovieren; vier Klassenarbeiten mußten noch korrigiert werden, und zu allem Überfluß hatte mir die Fachkonferenz Deutsch noch einen furchtbaren Riemen Arbeit aufs Auge gedrückt. Es war nämlich in der letzten Sitzung beschlossen worden, ein neues Lesebuch anzuschaffen. Stundenlang wogte die Diskussion hin und her, ob man ein Lesebuch mit Grammatik oder ohne Grammatik bestellen sollte.

«Wichtig ist auf jeden Fall, daß ein Lesebuch haltbar ist!» rief Fräulein Stöcklein. «Wenn ich sehe, wie die Kinder heutzutage mit ihren Büchern umgehen!»

«Genau!» sagte der Kleineidam. «Und abwaschbar sollte es sein. Ich habe hier zum Beispiel ein hervorragendes Werk vom Gulp-Verlag in zwei Bänden. Da ist mir aus Versehen die selbstgemachte Holundermarmelade von meiner Frau draufgefallen. Und gucken Sie selbst: Nichts mehr von zu sehen, das nenne ich Qualität!»

«Sehr richtig!» warf Fräulein Bärlecken ein, unsere agile Deutschreferendarin mit dem flotten Haarschnitt, «und dabei sollte man auch die kindliche Psyche bedenken: Zwei Bücher sind mehr als eins. Sind denn da auch Bilder drin?» In dem Stil ging das zwei Stunden weiter, bis mir der Kragen platzte.

«Das darf doch nicht wahr sein», sage ich, «hat denn überhaupt mal jemand die Bücher gelesen?»

Sie können sich denken, was die Folge war. Welcher Pädagoge kommt denn heutzutage noch zum Lesen? Ich wurde bei einer Gegenstimme beauftragt, während der Osterferien doch mal alle Bücher zu prüfen und auf der nächsten Sitzung zu berichten.

Ich hab dann erst mal versucht, Inge zu überreden, ob wir nicht die Renovierung ein paar Monate verschieben könnten. Da war die natürlich mordsstinkig:

«Du wolltest doch partout nicht, daß wir den Maler nehmen, weil das zu teuer wäre, du alter Geizkragen. Gestern hast du noch getönt, im Renovieren wärst du ein As!»

«Stimmt ja auch», sage ich, «'68 haben wir in unserer WG zwölf Zimmer in drei Tagen renoviert – inklusive Fußleisten.»

«Dein Glück, daß ich das nie gesehen habe», giftete meine Inge weiter; «um es kurz zu machen: Die Rauhfaser wird gestrichen, und zwar sofort!»

Ich habe mich dann lieber in Schweigen gehüllt; weil ich immer sage: Nur kein Ärger mit der Gattin, nuur kein Ärger! Schon gar nicht, wenn sie ausnahmsweise mal recht hat.

Na jedenfalls: Montagmorgen ging es im Schlafzimmer los: Möbel raus, Boden abdecken, Lammfellrolle marsch!

Als ich glücklich die halbe Decke geschafft hatte, fiel mir schon bald der Arm ab, und zweimal wäre ich fast ums Leben gekommen. Ich hatte mir nämlich aus mehreren Stühlen und der ausgehobenen Küchentür ein wunderbares

Gerüst konstruiert, mit dem ich quer durchs Zimmer schob. So ähnlich muß Michelangelo auf dem Rücken liegend die Sixtinische Kapelle ausgemalt haben.

Na ja, und weil man auch nicht mehr der Allerjüngste ist, habe ich mir öfter mal eine kleine Pause gegönnt und einen Blick in eins der zig Lesebücher geworfen, die ich praktischerweise in meine Gerüstkonstruktion integriert hatte. Wenn es mal irgendwo wackelte, hatte ich immer das passende Buch zum Unterlegen parat: hier eine dünne Grammatik, da ein dickes Lesebuch, und dort eine mehrbändige Literaturgeschichte. Ich konnte mir gar nicht vorstellen, wie ein Anstreicher ohne Lesebücher zurechtkommt.

Donnerstag abend hatte ich mich bis ins Bad durchgerollt, und ich dachte gerade darüber nach, eine kleine Pause zu machen, da schaltet draußen irgendein sparsames Familienmitglied das Licht aus.

Sie können sich denken, was passiert ist: Ich bekam einen Riesenschreck, verlor den Farbeimer und das Gleichgewicht und stürzte unter ohrenbetäubendem Lärm mitsamt meinem genialen Gerüst in die unergründlichen Tiefen des Badezimmers.

Nach einer Schrecksekunde ging das Licht wieder an und Inge stand leichenblaß in der Tür. Ich lag mit leichten Prellungen in der Badewanne, meine Rolle fest im Griff:

«Anton», sagte sie mit zitternder Stimme, «hast du dir was getan?»

«Nicht der Rede wert!» rief ich fröhlich.

Gott sei Dank, die Tür war noch heil, aber die gesammelten pädagogischen Lesewerke, auf die mein Gerüst sich entscheidend gestützt hatte, waren übel zugerichtet: zerquetscht, zerrissen, mit Farbe beschmiert. «Sprache und Denken» steckte mitten im Farbeimer, «Sinn und Form» lag voll im Terpentin, und das «Lebensgut» versank unter leisem Blubbern in der Kloschüssel.

Inge hat mir dann aus der Wanne geholfen und auf den Schreck einen doppelten Cognac eingegossen. Als wir ins Bad zurückkamen, um die Trümmer zu beseitigen, lag da

«Sprechen und Handeln» als einziges Lesebuch heil und unversehrt unter dem Heizkörper.

«Siehste», sage ich, «man muß auch das Positive im Leben sehen.» Hatte sich doch die Schulbuchfrage wie durch natürliche Auslese von selbst erledigt.

Tschö wa!

Erotik am Arbeitsplatz

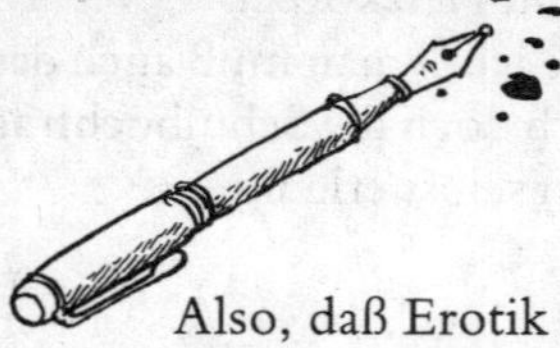

Also, daß Erotik am Arbeitsplatz Energien freisetzen soll, hatte ich schon mal irgendwo gelesen. Aber ob diese Energien dann etwas mit der Arbeit zu tun haben, das war dabei im dunkeln geblieben und sollte es auch bleiben – trotz einiger diesbezüglich interessanter Entwicklungen bei uns am Karl-Heinz-Plum-Guminasium, wie scherzhaft ins Gespräch einzustreuen sich übrigens immer wieder als netter Ansatzpunkt zur Intensivierung zwischenmenschlicher Beziehungen erwiesen hat, wenn Sie mich fragen.

Aber der Reihe nach: Eines Tages erschien der Direx plötzlich in der großen Pause im Lehrerzimmer und rief:

«Sicilium, meine Damen und Herren, Sicilium! Darf ich Ihnen kurz unsere neuen Referendare vorstellen: Fräulein Schmidt, Erdkunde, Französisch, Frau Bärlecken, Deutsch, Kunst, Herr Neumann, Griechisch, Latein, und Fräulein Kaczmarek – wie war doch gleich Ihre Kombination?»

«Mathematik, Physik», hauchte das Fräulein Kaczmarek mit rauchiger Stimme – eine beachtliche Erscheinung, die den pädagogischen Erwartungshorizont deutlich sprengte – zumindest an einigen Stellen.

Kein Wunder, daß das übliche Getuschel sofort losging. Ich kam mir vor wie auf dem Pferdemarkt – es fehlte nur noch die Gebißkontrolle. Jeder Kollege wollte sich nämlich schnell einen Referendar krallen, bevor der Fachkollege ihm zuvorkam.

Sie müssen sich das so vorstellen: Wenn man einen aufstrebenden Jungpädagogen erst mal in die Anfangsgründe der Erziehungskünste eingewiesen hat, dann kann das durchaus zu einer beachtlichen Arbeitsersparnis führen – oder im Klartext: Während der Referendar von der Klasse fertiggemacht wird, kann man endlich mal die Beine hochlegen und in aller Gemütsruhe Kaffee trinken.

Natürlich sind auch immer ein paar Nieten dazwischen. Aber mit ein bißchen Erfahrung kann man das sofort sehen. Ich sage noch so zum Kollegen Neuner:

«Also die Frau Bärlecken, da lasse ich die Finger von, die können Sie ruhig für Kunst haben, Sie arbeiten ja viel mit Holz.»

«Du lieber Gott», meinte der Neuner, «bloß nicht! Die schanzen wir dem Kleineidam zu, unserem Frischling.»

«Gute Idee», rief ich, «Herr Kleineidam, hören Sie mal eben! Wußten Sie schon, daß wir jetzt Prominenz an der Schule haben?» Der Kleineidam spitzte sofort die Ohren.

«Die Frau Bärlecken», sag ich, «stellen Sie sich vor, die ist nämlich die angeheiratete Nichte zweiten Grades vom Vorsitzenden des Schulausschusses. Sie wissen ja, bei dem geht jede Beförderung über den Schreibtisch.»

«Das habe ich gleich gesehen, daß die Frau Bärlecken was Besonderes an sich hat», stammelte der Kleineidam. «Frau Bärlecken!» schrie er. «Sie kriegen meine 9b.»

«Ausgerechnet diese Chaoten-Klasse», murmelte der Neuner, «das arme Geschöpf! Die ist schon so gut wie durchgefallen.»

Kollege Kleinlich hatte sich inzwischen an das Fräulein Kaczmarek herangepirscht und ein Gespräch über die Kurvendiskussion vom Zaun gebrochen. In diesem Moment habe ich es doch bedauert, daß ich seinerzeit bei der Infinitesimalrechnung nie die Kurve gekriegt habe. Mir ist, ehrlich gesagt, bis heute nicht klar geworden, was da gegen Null geht, und vor allen Dingen, was man dagegen machen kann.

Jedenfalls war der Kleinlich nicht wiederzuerkennen. Normalerweise sitzt der, wenn er einen Referendar hat, täglich in der «Stadtkrone» und gießt sich einen Kaffee nach dem anderen hinter die Binde – mit Schnäpschen, versteht sich.

Aber diesmal leistete der Mann eine so vorbildliche Referendarbetreuung, daß die Richtlinien überhaupt nicht mehr mitkamen. Ganz egal, was Fräulein Kaczmarek gerade verhackstückte, ob Tangentensteigung, Annäherungswerte am Hohlkörper oder wie man die Röhren zum Korrespondieren bringt – ausdauernd saß er mit glänzenden Augen hinten in der Klasse.

Erst recht die Nachbesprechungen. Stundenlang hockten die beiden in der hintersten Ecke der Lehrerbibliothek und waren am tuscheln. Vorgestern bekam ich durch Zufall mit, wie Fräulein Kaczmarek zu ihm sagte:

«Dann bis um sieben, Josef – und klingel dreimal, dann weiß ich, daß du es bist.»

Und stellen Sie sich vor: Gestern morgen komme ich ins Sekretariat, da fragt mich das Fräulein Schwiemel:

«Herr Hinlegen, wissen Sie, wo der Herr Kleinlich steckt? Der Leistungskurs ‹Mathematik› wartet schon seit einer halben Stunde auf die Klausuraufgaben!»

Um Gottes willen, hab ich gedacht, nur kein Ärger mit Klausuren, nuur kein Ärger! Sonst habe ich wieder eine Vertretungsstunde am Hals. Doch bevor ich was unternehmen konnte, rief der Direktor schon bei Frau Kleinlich an, ob ihr Mann vielleicht krank wäre.

«Nee, Frau Kleinlich», hörte ich unseren Direx sagen, «Ihr Mann ist nicht auf Klassenfahrt, da hat er sich sicher vertan.»

Hatte die Erotik am Arbeitsplatz mal wieder unheimliche Energien freigesetzt. Ich hab mich kaputtgelacht: War der Mann doch tatsächlich ohne Klasse auf Klassenfahrt gefahren!

Tschö wa!

Das Meßweinproblem

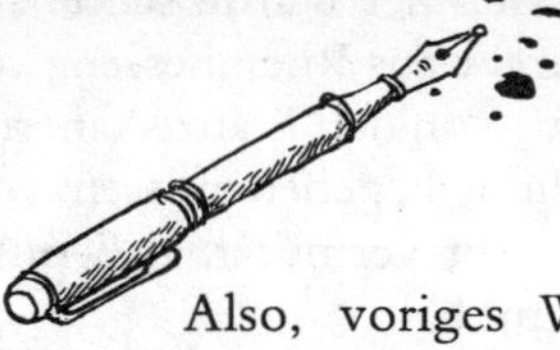

Also, voriges Wochenende, da war vielleicht was los! Freitag mittag zog mich der Monsignore Stramm nach der sechsten Stunde zur Seite und fragte:

«Herr Hinlegen, haben Sie eigentlich was vor am Wochenende?»

Und ich, naiv wie ich bin, sage auch noch:

«Nee, nichts Besonderes, ich wollte nur mal richtig ausschlafen, und da kommt mir der freie Samstag gerade recht.»

Wir haben nämlich neuerdings einen Samstag im Monat frei bei uns am Karl-Heinz-Plum-Guminasium, wie ich insbesondere an langen Wochenenden ausgiebig zu scherzen pflege.

«Das ist gut», rief der Monsignore, «dann können Sie ja mitfahren, ich bin nämlich am Wochenende in einer wichtigen Mission unterwegs und bräuchte noch einen zuverlässigen und verschwiegenen Begleiter. Und von Wein verstehen Sie ja was.»

Ich wußte gar nicht, wie mir geschah. Ich hatte kaum noch Zeit, meine Frau telefonisch zu benachrichtigen, da saß ich auch schon neben dem Monsignore in einem uralten VW-Bully und düste Richtung Süden. Wir waren auf Höhe Rüdesheim, da sag ich:

«Wo fahren wir eigentlich hin, Monsignore?»

«Nur die Ruhe», meinte der, «Sie müssen mir lediglich versprechen, daß die Angelegenheit unter uns bleibt. Ich habe da nämlich einen delikaten Auftrag.»

«Selbstverständlich», sag ich, «Sie können sich voll auf mich verlassen.»

Und dann hat er mir erzählt, daß er im Auftrag einiger Freunde und Kollegen in Sachen Meßwein unterwegs sei. In letzter Zeit wären nämlich immer mehr Klagen über die

Qualität des Meßweins erhoben worden. Der Kaplan von St. Blasius zum Beispiel würde schon seit Monaten gegen diese süße Scheurebe aus Rheinhessen protestieren. Und der Konfrater Egidius von den Franziskanern hätte sich sogar in ärztliche Behandlung begeben müssen, wegen seiner Magenschmerzen. Der Abt vermutet, daß mit dem Saar-Elbling was nicht gestimmt hat.

«Das ist ja furchtbar», sage ich, «nicht, daß Sie uns hinterher auch noch krank werden.»

«Deshalb sind wir ja unterwegs!» Der Monsignore öffnete das Handschuhfach und zog einen Piccolo Riesling-Hochgewächs-Jahrgangssekt hervor.

«Man hat mich ehrenvollerweise inoffiziell gebeten, ordentlichen Meßwein zu besorgen.»

«Ich will nicht behaupten, daß ich soviel von Wein verstehe wie Sie, Monsignore», sag ich, «aber da sollten Sie es mal an der Loire probieren.»

«Sehr richtig», rief der Monsignore, entkorkte geschickt das Fläschchen und füllte zwei Sektgläser, während er auf die Überholspur wechselte, «genau da wollte ich hin. Ein Glück, daß es unserem Vikar gelungen ist, dieses solide Fahrzeug von den Pfadfindern auszuleihen.»

Von wegen solides Fahrzeug! So eine klapprige Rostlaube hatte ich überhaupt noch nie gesehen: Baujahr 60, abgefahrene Reifen, kaputte Stoßdämpfer, Spitze 80 und ein Lärm wie ein Düsenjäger.

Jedenfalls graute schon der Morgen, als wir schließlich im Loiretal ankamen und sofort Quartier bezogen bei Monseigneur Leblanc, einem alten Studienfreund von unserem Monsignore Stramm.

Alles war schon generalstabsmäßig vorbereitet. Der Monseigneur hatte uns bei den besten Winzern ringsum avisiert und im größten Weinkeller des Ortes eine umfangreiche Weinprobe für den Abend anberaumt. Da blieb gerade noch Zeit, uns zwischen dem Gabelfrühstück und dem Abendessen kurz aufs Ohr zu legen. Dann ging die Arbeit auch schon los:

Zuerst gab es einige wunderbare Muscadets, sehr frisch und trocken, und dann verschiedene Sancerre, wie sie im Buche stehen. Allerdings warnte mich der Monsignore sofort, die wären ein bißchen schwer und außerdem sündhaft teuer.

Das letzte, woran ich mich erinnern kann, war kurz vor zwölf ein 85er Pouilly-Fumé, danach konnte ich keine Unterschiede mehr feststellen und war froh, noch einen aufrechten Gang vorweisen zu können. Ganz anders der Monsignore: Wie ein Baum stand der Mann da im Gewölbe und verkostete eine Sorte nach der anderen.

Was die beiden Monsignores dann auf dem Nachhauseweg für alte Studentenlieder sangen, das geht nun wirklich niemand etwas an.

Als wir jedenfalls am Sonntag morgen in aller Frühe bei unserem Petit dejeuner auf der Veranda saßen, setzte sich dem Monsignore auf einmal eine Mücke auf die Hand. Ich nahm sofort die Serviette und wollte gerade zuschlagen, da rief der Monsignore:

«Nicht tun, Herr Hinlegen, auch eine Mücke kann sehr nützlich sein. Zum Beispiel als Meßmücke.»

«Als was?» sag ich.

«Als Meßmücke!» wiederholte der Monsignore, «die mißt nämlich, wieviel Blut im Alkohol ist. Wenn sie sich vollsaugt und fliegt weg, dann ist alles in Ordnung. Wenn sie aber nicht mehr hochkommt, dann sollte man keinesfalls mehr Auto fahren. Alte Franziskanerregel!»

In diesem Moment fiel die Mücke wie tot von der Hand auf den Boden und streckte alle Fühler von sich. Und so kam es, daß ich das Schrottvehikel ganz allein nach Hause kutschieren mußte, inklusive eines schnarchenden Monsignore. Eine Kreissäge ist nichts dagegen!

Aber ich habe ihn schlafen lassen. Denn ich sage immer: Nur kein Ärger mit dem Monsignore, nuur kein Ärger! Schon gar nicht, wenn er demnächst 500 Flaschen Meßwein aufzuteilen hat.

Tschö wa!

Der durchgebrochene Springer

Also, neulich kam ich ins Lehrerzimmer und traute meinen Augen nicht: Unser Kunstpädagoge Neuner, der immer darüber nachdenkt, wie man sich wohl vorzeitig pensionieren lassen könnte, war gerade dabei, ein Schachspiel aufzustellen.

«Herr Neuner», sag ich, «daß Sie viel mit Holz arbeiten, ist ja bekannt, aber Schach? Das hätte ich nicht von Ihnen gedacht.» Er guckte mich an wie ein waidwund geschossenes Bambi:

«Wenn Sie wüßten, Herr Hinlegen! Die Schacharbeitsgemeinschaft der Schüler hat nämlich das Lehrerkollegium zu einem Wettkampf herausgefordert!»

«Das ist ja interessant», sag ich, «wer spielt denn mit auf unserer Seite?» Da hatte ich wohl den wunden Punkt getroffen.

«Der Herr Direktor hat mich gebeten, eine Mannschaft zusammenzustellen», murmelte der arme Kerl schwitzend, «aber außer dem Monsignore Stramm und Fräulein Müller-Siebenknick will keiner mitmachen!»

«Auweia», sag ich, «das sieht ja böse aus. Wissen Sie was? Wir fragen noch mal richtig rum, und dann setzen wir uns heute abend zusammen und trainieren – das wäre doch gelacht! Schließlich sind wir das Kollegium des ehrwürdigen Karl-Heinz-Plum-Guminasiums, wie scherzhaft von g1 nach f3 zu hüpfen doch wohl kein großes Problem ist!»

Prompt kam in diesem Moment der Kollege Bodenreck rein – Sie erinnern sich, mein Intimfeind, der beim Doppelkopp immer die Kreuzdame auf den Boden fallen läßt und dann ganz unschuldig fragt: «Sagt einer was?» Der wußte offensichtlich schon Bescheid und meinte:

«Schön, daß Sie mitmachen, Herr Hinlegen. Wußten Sie

übrigens, daß bei den Schülern der Landesjugendmeister mitspielt? Und die anderen sind auch alle im Schachverein. Schade, daß ich so überlastet bin. Da bleibt mir nur, Ihnen recht, recht viel Vergnügen zu wünschen!» Und weg war er.

Als ich am Abend ins Lehrerzimmer kam, war unsere traurige Mannschaft schon feste beim Training. Monsignore Stramm erzählte mal wieder den Witz vom Frosch, der ins Milchgeschäft kommt, Fräulein Müller-Siebenknick kicherte laut, und der arme Neuner hockte verzweifelt dem Kollegen Kleinlich gegenüber, unserem Informatik-Spezialisten, der gerade berichtete, wie er seinem Schachcomputer die Grünfeld-Indische Eröffnung beigebracht hätte. Ich war vielleicht froh:

«Ein Glück, daß Sie da sind, Herr Kleinlich, Sie scheinen ja was von der Materie zu verstehen. Erklären Sie uns doch mal, worauf man beim Schach besonders achten muß.» Der Kleinlich plusterte sich auf:

«Meiner Meinung nach müssen wir versuchen, auf Remis zu spielen.»

«Sehr richtig!» rief der Monsignore, «und wie geht das?»

«Am besten ist es, möglichst früh die Damen abzutauschen», meinte der Kleinlich.

«Unglaublich!» Fräulein Müller-Siebenknick war entsetzt.

«Haben Sie das gehört, Monsignore? Das können Sie mit mir nicht machen, Herr Kleinlich!»

«Aber Fräulein Müller-Siebenknick», sag ich, «der Kollege Kleinlich meint doch nur, man sollte spanisch eröffnen!»

«Und wie stellen Sie sich das vor?» moserte der Neuner dazwischen, «spanisch eröffnen! Ich kann nur Englisch und hatte bloß vier Jahre Latein.»

«Vielleicht fangen wir doch lieber mit was Einfacherem an», schlug ich vor, «zum Beispiel mit den Bauern, Fräulein Müller-Siebenknick; das sind die vielen kleinen Figürchen hier.»

«Ja, die sind hübsch», meinte unsere holde Musikpädagogin, «und wie viele das sind.»

«Acht», rief der Kleinlich leicht nervös, «acht auf jeder Seite. Jetzt stellen Sie sich mal vor, der Turm beherrscht die Linie, der weiße Springer bricht durch, dringt von hinten in Ihre Stellung ein und schlägt den Bauern. Was machen Sie da?»

Fräulein Müller-Siebenknick lief rot an, Monsignore Stramm atmete tief durch, und es hätte den schönsten Streit gegeben, wenn ich nicht schnell eingegriffen hätte – nur kein Ärger in der Mannschaft, nuur kein Ärger, sonst bricht noch ein Springer, und zwar durch.

«Herr Neuner», sag ich, «wenn Ihnen jemand Schach bietet, was machen Sie dann?» Der war so erschrocken, daß er stammelte:

«Ich glaube, dann muß ich ‹Re› sagen!»

«Jetzt reicht es aber!» rief Monsignore Stramm, «ein gebildeter Altsprachler hätte wenigstens ‹Contra› gesagt!»

Sprach es und verschwand mit Fräulein Müller-Siebenknick in Richtung «Goldener Schlüssel». Der Kleinlich hatte die Nerven blank liegen, und der Neuner war den Tränen nahe, da fiel mir was ein:

«Moment mal», sag ich, «wir haben doch einen Computer in der Physik! Kann man den nicht auf Schach umpolen?»

«Natürlich», strunzte der Kleinlich, «dem hab ich ein erstklassiges Schachprogramm verpaßt, der denkt jetzt zwölf Züge im voraus.»

«Das ist ja wunderbar», rief der Neuner, «dann lassen wir eben den Karl-Heinz-Plum-Computer für uns spielen ...»

Tja – und so kam es denn auch. Allerdings gab unser Computer in jedem Spiel nach dem zehnten Zug auf, weil er ja zwölf Züge im voraus denken kann – und da wußte er, was ihm blüht. Seitdem weiß ich endlich, daß man von Computern was lernen kann.

Tschö wa!

P.V.C.

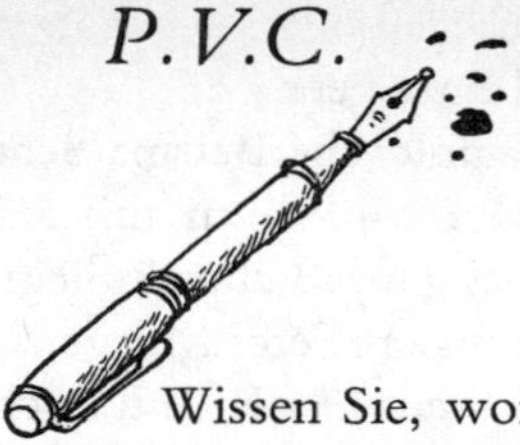

Wissen Sie, worauf ich mich jedes Jahr wieder freue? Genau! Auf die Entlassung der Abiturienten. Da hat man ja schließlich auch neun Jahre drauf gewartet, mindestens, bei manchen noch länger.

Ich lasse meine Ex-Schüler dann jedesmal vor meinem geistigen Auge Revue passieren: Zum Beispiel den Karl-Josef mit seinem grauenhaften Satzbau: Da schlugen aber die Funken aus dem Funktionsverbgefüge!

Oder die Marita: Elf Jahre hat das Mädchen vor mir in der ersten Reihe gesessen und ununterbrochen an ihren Fingernägeln gekaut. Aber glücklicherweise ist das vorbei, jetzt muß sie sich jemand anders suchen, dem sie was vorkaut.

Wie dem auch sei – jedes Licht hat seine Schattenseiten. So schön das Abitur für viele ist, so grauenhaft sind die ganzen Abschlußfeiern. Wer das bloß erfunden hat! Schlimm genug ist ja schon morgens die Zeugnisausgabe mit viel Moralin und Bildungssülze.

Aber die Oberhärte bei uns am Karl-Heinz-Plum-Guminasium, wie ich Ihnen, sehr geehrter Herr Bürgermeister, verehrte Frau Dr. Dünnpul von der Elternvertretung, werter Herr Prof. Schlunz vom Verein der Ehemaligen und auch Ihnen, liebe Eltern und Schüler angesichts der Flut von hereinbrechenden Goethezitaten scherzhaft entgegenzuhalten kaum noch eine Möglichkeit sehe: Das ist das traditionelle Fest, das am Abend im «Goldenen Schlüssel» stattfindet.

Angeplünnt wie zur Beerdigung trinkt man süßen Moselwein für 42,90 Mark und bewegt sich tanzschulmäßig zu den Klängen der «Starband» aus Nütheim-Kaldenkirchen. Aber was will man machen?! Wenigstens eine halbe Stunde muß man sich da blicken lassen. Ich ging gerade in den «Goldenen Schlüssel» rein, da kam mir ein Trupp Schüler entgegen.

«Nanu», sag ich, «wollt ihr schon nach Hause? Das ist doch heute abend Eure Fete!»

«Unsere Fete?» nölte die Bettina Schmidt, das ist so eine mit grün-roten Haaren, Abitur mit Hängen und Würgen, aber cleverer als das ganze Lehrerkollegium zusammen.

«Was heißt hier unsere Fete? Morgens mit Goethe angeben und abends La Bostella – die sind doch alle schon tot. Wir gehen jetzt ins P.V.C., da spielt heute ‹Fortuna Stabil›. Absolut geil! Kommen Sie mit?»

«Ich weiß nicht», sag ich, «so spät noch Fußball? Ich würde lieber was trinken.»

Da haben die sich ausgeschüttet vor Lachen. ‹Fortuna Stabil› war natürlich kein Fußballverein, sondern eine Rockband aus Bochum.

Und auf diese Weise wurde es denn doch noch eine schöne Abiturabschlußfeier. Als ich gegen zwei Uhr gut gelaunt nach Hause kam, wachte prompt meine Frau auf:

«Du alte Saufnase! Von wegen mal eben 'ne halbe Stunde auf der Abiturfeier sehen lassen! Wahrscheinlich bist du wieder mit Monsignore Stramm an der Theke versackt, du Bourgeois! Und auf so was warte ich hier den ganzen Abend. Das nächste Mal gehe ich ins Kino! Mit Heinz!»

Ich denk: Jetzt bloß keine langen Diskussionen, Angriff ist die beste Verteidigung, und sag:

«Von wegen – ich war im P.V.C., da spielte heute ‹Fortuna Stabil› – rasante Truppe. Nächste Woche kommen die ‹Losen Hosen›. Da gehen wir dann zusammen hin, das wird obergeil! Nacht, Ingelein!»

Ich sage nämlich immer: Nur kein Ärger mit der Gattin, nuur kein Ärger! Und schon gar nicht wegen P.V.C!

Tschö wa!

Deutsch-französische Freundschaft

Also, habe ich Ihnen eigentlich schon erzählt, daß wir jetzt für vierzehn Tage eine französische Austausch-Schülerin zu Besuch hatten? Mireille heißt sie und ist siebzehn Jahre alt, wirkt aber bedeutend reifer, ich würde sagen, mindestens wie achtzehn. Eine echte Schönheit ist das: lange schwarze Haare, tiefblaue Augen – und so weiter. Da wird einem richtig schwindelig vom Hingucken. Unsere Tochter Nicole fährt dann nächstes Jahr nach Reims, wo Mireille wohnt und der Champagner zu Hause ist.

«Anton», sagt meine Frau Inge gestern, «du starrst die Mireille immer an, als wärst du drauf und dran, dich in das arme Kind zu vergucken. Großvater hat übrigens angerufen, du möchtest ihm doch heute nachmittag im Schrebergarten helfen, den Kartoffelacker umzugraben. Dann wirst du deine überschüssige Energie schon los!»

«So ein Quatsch!» sag ich, «was heißt denn hier ‹vergukken›? Wir Pädagogen haben eben diesen analytischen Blick, das kommt automatisch bei dem Beruf. Was meinst du, wie mich die Mädchen in der Oberprima oft angucken!»

Da hätten Sie meine Inge mal lachen hören können – aber glockenhell!

Na egal – den Acker habe ich jedenfalls nicht umgegraben. Dringende Korrekturen, Sie verstehen; für solche Fälle liegt immer ein Stapel Hefte unten links im Schreibtisch, mein Not-Set! Steht aber überhaupt nix drin.

Ich finde, die deutsch-französische Freundschaft ist einfach zu wichtig, als daß man sie durch irgendwelche kleinlichen Streitereien gefährden dürfte. Wie sagte unser Direktor noch auf der letzten Konferenz bei uns am Karl-Heinz-Plum-Guminasium, wie in den komplexen europäischen

Verständigungsprozeß scherzhaft einzuflechten ich als vorrangige Aufgabe der deutschen Politik, und wer wollte das bestreiten, ansehe:

«Eine Anstalt wie Karl-Heinz-Plum lebt vom Kosmopolitismus. Der Geist ist international, und wir müssen nach allen Seiten offen sein.»

«Sehr richtig!» rief der Monsignore Stramm, «aber kann vielleicht trotzdem jemand das Fenster zumachen? Hier zieht es wie Hechtsuppe.»

Also, die Mireille ist nicht nur ausgesprochen hübsch, sondern auch hochintelligent. Das war jedenfalls mein Eindruck, als ich ihr Donnerstag nachmittag auf einem kleinen Bummel mal unsere Stadt etwas näher gebracht habe.

Das Problem ist nur, daß Mireille im Deutschen starke Schwächen hat – und ich spreche ja leider kaum ein Wort Französisch. Da nützte mir dann mein großes Latrinium, wie wir das früher machen mußten, auch nicht viel. Mit «une bouteille de vin rouge», «je t'aime» und «au reservoir» sind meine Französischkenntnisse praktisch schon erschöpft. Deshalb mußten wir auf körpersprachliche Mittel zurückgreifen. Aber das hat hervorragend funktioniert.

Gegen halb zwölf kamen wir dann lustig und angeheitert zu Hause an. Ich kramte gerade die Cognac-Flasche aus dem Wohnzimmerschrank, da stand Inge auch schon in der Tür: Wieso ich mit dem Mädchen erst mitten in der Nacht nach Hause käme, kein Mensch wüßte, was los wäre! – So engstirnig können Menschen manchmal sein.

«Jetzt hör aber auf mit deiner Eifersucht», sag ich, «man muß das schon ernst nehmen mit der Völkerverständigung, man muß schon was investieren. Oder meinst du, so eine jahrhundertelange Erbfeindschaft löst sich mit einem Fingerschnippen von selbst in Luft auf?!»

«Komisch nur», sagt Inge, «daß du dich letztes Jahr 'nen Dreck um die Völkerverständigung gekümmert hast, als Freddy Taylor bei unserem Hannes zu Besuch war. Aber der hatte ja auch keinen Busen.» In diesem Moment kamen ausgerechnet die Kinder von einer Fete nach Hause.

«Was heißt eigentlich ‹Busen› auf französisch?» fragte Nicole. Prompt mischte sich auch noch Hannes ein:

«Wenn ich dich so angucke, liebe Schwester, wird ‹Busen› für dich sowieso immer ein Fremdwort bleiben, egal ob in deutsch oder französisch.» Echte Geschwisterliebe, kann ich da nur sagen.

Zwei Stunden habe ich gebraucht, bis ich Inge wieder beruhigt hatte. Denn ich sage ja immer: Nur kein Ärger mit der Gattin, nuur kein Ärger! Sonst wird man hinterher noch ausgetauscht.

Aber als wir endlich schlafen gingen, fielen mir blöderweise die zwei Kinokarten aus der Brieftasche – direkt Inge vor die Füße. Die hatte ich vorsorglich für Mireille und mich gekauft, so ein Kinobesuch ist ja gerade für den Spracherwerb sehr wichtig.

«Ach», sag ich, «das hätte ich fast vergessen, dir zu sagen. Ich wollte dich doch Samstag ins Kino einladen: ‹Meyer gegen Meyer› – eine spannende Dreiecksgeschichte.»

Ja – und so kam es dann, daß ich die Nacht auf der Sitzgruppe im Wohnzimmer verbracht habe. Mein Gott, taten mir am anderen Morgen die Knochen weh! Aber was tut man nicht alles für die deutsch-französische Freundschaft.

Tschö wa!

Styropor und Sammeltassen

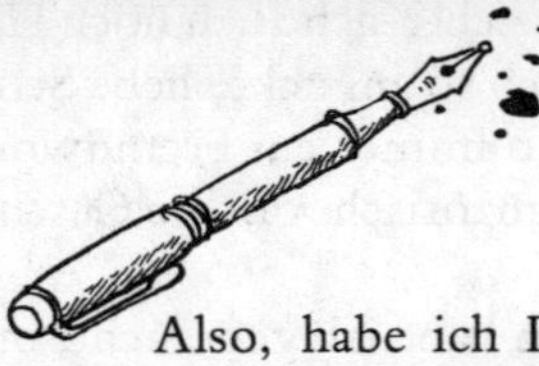

Also, habe ich Ihnen eigentlich schon erzählt, daß jetzt der Kleineidam heiratet? Jawohl, der Kollegiums-Frischling Kleineidam! Kaum hatte es ihn an unsere ehrwürdige Anstalt verschlagen, da ward er auch schon von Amors Pfeil durchbohrt, und nicht nur das: Im Handumdrehen war er ob seines schier unglaublichen Arbeitseinsatzes bei allen Kollegen mächtig beliebt – wo könnte sich das deutlicher zeigen als bei einem solchen Anlaß?

Es gibt ja Menschen, da muß alles schnell gehen: Ganz schnell Examen machen, ganz schnell ein Häuschen bauen, ganz schnell befördert werden und ganz schnell die Frau fürs Leben finden – von der Scheidung gar nicht zu reden. Ich habe erst kürzlich gelesen, daß die moderne Ehe im Durchschnitt nur noch zwei Jahre hält. Nicht, daß ich dem Kleineidam sein schönes junges Glück nicht gönnen würde, nein, im Gegenteil, ich gönne es ihm. Ich sage ja immer: Nur kein Ärger mit Kollegen, nuur kein Ärger, schon gar nicht, wenn sie sich ins Unglück stürzen.

Jedenfalls waren wir alle zum Polterabend eingeladen, und wir hatten schon gegrübelt, was wir als Kollegium des Karl-Heinz-Plum-Guminasiums, wie ich insbesondere auf derartigen Veranstaltungen im Laufe des Abends immer mal wieder laut und grundlos scherzhaft auszurufen eine Vorliebe habe, zum Gelingen dieses Polterabends beitragen könnten. Frau Stöcklein wurde ganz romantisch:

«Hach, Polterabend, wie schön! Ich besitze noch zwei alte Sammeltassen, die einen Sprung haben, die könnte ich zur Verfügung stellen.»

«Zwei Sammeltassen, das wird ja ein rauschendes Fest», rief der Müller-Schrägstrich, «ich habe da eine andere Idee: Bei uns um die Ecke ist die Keramikfabrik pleite gegangen.

Da kriegen wir für'n Appel und 'n Ei eine Tonne erstklassige Keramik. Waschbecken, Geschirr, Kloschüsseln, alles, was das Herz begehrt. Ich meine, wenn man jemand eine Freude machen kann?»

«Jawoll», rief der Kleinlich, «mein Bruder hat einen Siebentonner Pritsche. Wenn wir da fünfmal mit fahren, und dann noch die zwei Sammeltassen von Frau Stöcklein, dann brauchen wir eigentlich nur noch ein bißchen Konfetti, und der Abend ist gelaufen.»

«Konfetti, ich weiß nicht», meinte der Neuner, unser begabter Kunstpädagoge, der so viel mit Holz arbeitet, «ich habe zu Hause hinterm Schuppen noch mehrere Klafter Sägespäne zu liegen, die müßten auch mal weg.»

«Da ist der Pritschenwagen schlecht», überlegte der Müller-Schrägstrich, «aber wie wär's denn mit Ihrem Kombi, Herr Hinlegen?»

«Kein Problem», sag ich, «wenn nur jemand hilft, die alten Heizkörper von vor dem Umbau und den feucht gewordenen Zement vom vorletzten Winter aus dem Keller zu hieven. Das kriege ich mit meiner Bandscheibe nämlich nicht mehr geregelt.»

«Ist doch klar», rief der Kollege Schwundling, «in einer solchen Situation muß man zusammenhalten – da fällt mir übrigens ein: Meine Schwiegermutter ist doch jetzt ins Seniorenheim verlegt worden, und da muß ich die Wohnung entrümpeln: Sechzig Quadratmeter Nadelfilz und eine komplette Einbauküche. Ich meine, wenn man jemand eine Freude machen kann?»

«Das ist was für den Pritschenwagen», schrie der Müller-Schrägstrich begeistert, «ich würde vorschlagen, parallel zwei Mannschaften zu bilden.»

«Genau das Richtige für den Leistungskurs Sport», freute sich unser erfahrener Sportpädagoge Kreuzbein, «ich möchte bei dieser Gelegenheit darauf hinweisen, daß die ganzen rostigen Reckstangen und abgewrackten Stufenbarren aus den fünfziger Jahren mal aus dem Geräteraum weg sollten!»

«Darf ich noch mal auf das Konfetti zurückkommen?»

fragte Frau Stöcklein, «mein Onkel arbeitet in einer Fabrik für Verpackungsmaterial. Ich meine, es ist zwar nicht direkt Konfetti, aber Sie kennen vielleicht diese Styropor-Kügelchen zum Verpacken. Wenn Sie damit was anfangen könnten ...»

«Aber sicher», meinte der Kleinlich, «wir lieben Styropor-Kügelchen, die kriegt man nicht mehr ab. Ich würde sagen, zwanzig Sack davon, und dann sind wir da.»

«Fast!» Monsignore Stramm erhob sich: «Ich hätte da noch was ganz Besonderes in petto. Schaun Sie, im Krieg ist ja viel kaputtgegangen. Und was die wenigsten wissen: Kurz vor Kriegsende, März '45, schlug eine Fliegerbombe in unserem Münster ein, und die Glocke war hin. Aber wenn man damit heute jemand eine Freude machen kann ...»

«Und der Kleineidam hat es ja nun wirklich verdient», rief der Müller-Schrägstrich.

Was soll ich Ihnen sagen: Der Polterabend wurde ein voller Erfolg. Ist ja auch kein Wunder, wenn so viele Menschen ihr Bestes geben.

Jedenfalls weiß der Kleineidam jetzt, wie beliebt er ist.

Tschö wa!

Ein Ausbildungsverhältnis

Also, ich hab Ihnen doch kürzlich erzählt, daß der Kollege Kleinlich ohne Klasse auf Klassenfahrt war? Natürlich ein Scherz von mir. In Wirklichkeit war der gar nicht auf Klassenfahrt, sondern hatte das nur seiner Frau erzählt, damit er sich mal ein paar Abende lang in aller Ruhe der Ausbildung seiner Lehramtsanwärterin widmen konnte, Sie erinnern sich, Fräulein Kaczmarek, die könnte selbst mich noch dazu bringen, ein Aufbaustudium in Mathematik zu absolvieren – die Kurvendiskussion, wie sie leibt und lebt, da rotieren aber alle Körper um die x-Achse. Kein Wunder, daß Frau Kleinlich den Daumen drauf hatte: Verschärfter Stubenarrest, mal so gesagt.

Aber manchmal kommt alles anders: Der Bodenreck hatte mit seinem Leistungskurs Französisch eine Studienfahrt nach Paris geplant. Am Tag vor der Abfahrt stolpert der Mann beim Tennis derart unglücklich über seinen Doppelpartner, daß ihm die Achillessehne glatt wegreißt. Der fällt für Grün-Weiß mindestens sechs Monate aus.

Da war natürlich guter Rat teuer. Aber unser Direktor ist ja fix im Umdenken. Der Bodenreck lag noch unterm Messer, da stürzte unser Direx auch schon ins Lehrerzimmer und rief:

«Wer von den Kollegen ist nicht am Abitur beteiligt? Wir brauchen einen Ersatzmann für den Bodenreck!»

«Hier», schrie der Kleinlich.

«Sie?» sagt unser Direx, «mit Mathematik-Physik nach Paris? Können Sie denn überhaupt Französisch?»

«Das nicht», sagt der Kleinlich, «aber mit Wein und Käse kenne ich mich aus. Und außerdem –» bei diesen Worten ging ein Leuchten über sein Gesicht –, «außerdem könnte doch Fräulein Kaczmarek mitfahren. Erstens kann sie gut Französisch, und zweitens käme so eine Aufgabenstellung in dieser Phase der pädagogischen Ausbildung genau richtig.» Eigentlich wäre das ja eine Aufgabe für einen erfahrenen Pädagogen wie mich gewesen. Denn wenn ich von eins Ahnung habe, dann ist das Käse. Aber ich hab mir gedacht: Nur kein Ärger mit Kollegen, nuur kein Ärger! Schon gar nicht in einer solchen Phase der pädagogischen Ausbildung.

So kam es, wie es kommen mußte. Am nächsten Tag bestieg der Kleinlich mit Fräulein Kaczmarek und 26 Zwölfern den D 232 nach Paris.

Also ich sage Ihnen, da müssen sich Sachen abgespielt haben. Meine Tochter Nicole hat mir alles genauestens erzählt, die ist nämlich mit dem Markus Hufnagel befreundet, einem Schüler vom Karl-Heinz-Plum-Guminasium, wie scherzhaft zu bemerken angesichts dieser Geschichte auf der Hand liegt.

Nicht nur, daß der Kleinlich kein Französisch kann – der hält auch noch die Champs-Élysées für eine Champagnermarke. Im Louvre war er am Meckern, die Mona Lisa hätte Hornhautverkrümmung und würde schielen, wie man so jemand nur malen könnte, die hätte man doch lieber gleich in dieses riesige Hospital einliefern sollen, in das sogenannte Centre Pompidou, das ja bekanntlich nach dieser Madam benannt wäre, die mit Ludwig dem Neunzehnten was gehabt hätte, Madam Pompidou oder so ähnlich, ganz sicher wäre er sich nicht, weil sein Videorecorder bei den «Drei Musketieren» etwas zu früh abgeschaltet hätte.

Und auf dem Eiffelturm behauptete er, der wäre so benannt, weil man von der Spitze aus an klaren Tagen bis in die Voreifel sehen könnte. Da brach dann wieder der Physiker in ihm durch, und die Schüler mußten berechnen, wie lange ein Körper von 140 Kilo, also beispielsweise unser Monsignore Stramm, im freien Fall von der obersten Plattform bis zum Parterre benötigt, Windstille vorausgesetzt und natürlich bei zugeknöpfter Soutane.

Aber das Schönste kommt ja noch. Die ganze Zeit über muß der Kleinlich mit seinem Fräulein Kaczmarek rumgeturtelt haben. Jeden Abend hatten die Schüler freien Ausgang, weil das Lehrpersonal mit sich selbst beschäftigt war.

Kein Wunder, daß einige die Gelegenheit ergriffen, das Nachtleben von Paris zu studieren.

In der letzten Nacht kam dann der Heinz Dünnpul mit zwei Kumpanen so spät zum Hotel zurück, daß die Tür zu war. Da haben die natürlich zuerst mal ein offenes Fenster gesucht, um in den Flur einzusteigen, und haben auch eins gefunden. Nur führte das Fenster nicht in den Flur, sondern ins Zimmer vom Kleinlich. Das haben sie erst gemerkt, als sie drin waren, es war ja stockfinster. Aber komischerweise war der Kleinlich gar nicht da. Und, wie Kinder so sind, wenn sie zum erstenmal in ihrem Leben einen Liter Rotwein getrunken haben, suchten die natürlich das ganze Zimmer ab, um dem Kleinlich einen Streich zu spielen.

Jedenfalls gab es am nächsten Tag ein Riesentheater. Auf dem Parkplatz vor dem Hotel stand ein Fahnenmast mit der französischen Trikolore. Aber an diesem Morgen flatterte direkt unter den französischen Farben ein kleines, schwarzes Seidenhöschen. Der Hoteldirektor war außer sich: Das sei eine Verunglimpfung der französischen Fahne und werde Folgen haben.

Die Schüler feixten, und der Kleinlich wußte sich nicht anders zu helfen, als die Fahnenstange hochzuächzen und unter dem lauten Gejohle der Reisegruppe die Flagge einzuholen. Aber was tut man nicht alles für die deutsch-französische Freundschaft!

Fräulein Kaczmarek hat dann sofort nach der Rückkehr aus Paris den Ausbildungslehrer gewechselt, und der ganze Kurs wurde mit einem strengen Verweis bestraft. Also wenn Sie mich fragen: Ich finde das ungerecht.

Tschö wa!

Fritten mit Majo

Also, wissen Sie eigentlich, was das Beste ist am Karl-Heinz-Plum-Guminasium, wie ich auch mit vollem Mund, öligen Fingern und Fettresten im Schnurrbart jederzeit scherzhaft in eine kulinarisch ausgerichtete Diskussion über die Zubereitung leichter Soßen einzuwerfen gewillt bin?

Ganz einfach: «Heilig-Geist» hat zwar den schöneren Sportplatz mit Hochsprung-Leistungscenter, und die Franz-Branntwein-Gesamtschule hat eine eigene Autobahnauffahrt für die Fahrschüler – auch schön. Aber das Karl-Heinz-Plum-Guminasium hat direkt vor dem Schulhof eine phantastische Frittenbude: «Zur gemütlichen Fritte» heißt das Etablissement. Da bekommen Sie alles, was das Herz begehrt: Fritten mit Senf, Fritten mit Majonäse, Sauce Remouladäse und Schaschliksoße, Fritten mit Pilzen, Fritten mit Kotelett, Fritten mit Schnitzel – sogar Fritten mit Steak hab ich da schon gegessen!

Und das sind nicht irgendwelche «Pommes», wie man das in letzter Zeit immer wieder erlebt in der sogenannten feinen Küche, solche herzlos harten kleinen Kartoffelsplitter, an denen man sich das ganze Zahnfleisch aufbeißt, sondern richtige Fritten: ungefähr sooo lang, sooo breit, mächtig und goldbraun, wie aus der Frucht gemeißelt, aber innen drin saftig weich, sozusagen à point gebacken, und an allen Seiten perlt noch das Öl runter, lecker!

Was ich immer sage – Fett ist ein wichtiger Geschmacksträger! Wenn ich zum Beispiel Fräulein Müller-Siebenknick sehe, unsere zarte Musikpädagogin, dann weiß ich sofort: Bio-Joghurt, Früchtemüsli, Kräuterquark, Leinsamen. Und wissen Sie, woran man das erkennt? Nicht an der schlanken Figur, die hat man dann ja zwangsläufig, sondern an diesem verhärmten Zug um den Mundwinkel, der sich in tiefen Falten um die Nasenflügel hochfurcht. Oder nehmen Sie den Kollegen Schwundling, wie sieht der Mann aus! Der hat so lange Trennkost-Diät gemacht, bis sich seine Frau von ihm getrennt hat. Das ist doch nicht der Sinn der Sache.

Ganz anders Frau Schwiemel, unsere Sekretärin. Jeden Mittag treffe ich die gut gelaunt in der «Gemütlichen Fritte», wo sie sich 'ne große Ladung Pommes reinzieht, nur mit Salz und Senf, lecker! Und die Frau ist so was von ausgeglichen und fröhlich, da hören Sie kein böses Wort von. Ich meine, vielleicht hat sie ein bißchen Übergewicht, ja und? Da lacht aber jedes Gramm am Körper! Der Chef von der «Gemütlichen Fritte» war übrigens früher mal auf unserer Schule, ich erinnere mich noch gut. Er mußte aber leider mit Obertertia-Abitur abgehen, weil er den Bodenreck als Klassenlehrer kriegte – Sie erinnern sich, meinen Intimfeind, der immer alle beim Skat bescheißt und denkt, es merkt keiner; der hat ihn gnadenlos abgesägt, mit drei Fünfen und zwei Sechsen! Da hätte man nicht mal mehr 'nen Null mit spielen können.

Der Bodenreck darf sich natürlich in der «Gemütlichen Fritte» nicht blicken lassen. Was bin ich froh, daß der Knabe bei mir mit einer knappen Drei davongekommen ist! Da hat sich mein alter Wahlspruch wieder bewährt: Nur kein Ärger mit Schülern, nuur kein Ärger! Schon gar nicht, wenn sie später eine Frittenbude aufmachen. Also, wenn ich da reinkomme, sag ich nur:

«Tag Fritz!», der mußte ja Fritz heißen, «Tag, Fritz, mach mir mal 'ne große Tüte von denselben!»

Da lacht der und freut sich und gibt mir einen Extralöffel Majo gratis obendrauf, von dieser speziellen Frittenmajonäse; das ist ja nicht dieselbe, wie man sie normalerweise bekommt aus den großen Kunststoffbehältern, dieses furchtbar feste Zeug, das dann oben auf den Pommes rumwabbelt und womöglich schon einen dunkelgelben Schimmer hat, sondern das ist diese ganz feine weiße, dünne Flüssigkeit, die sich gewissermaßen um die Fritte herumschmiegt und mit ihr zu einer geschmacklichen Einheit verschmilzt.

Überhaupt, wenn ich eins hasse, dann ist das der genau berechnete Majonäse-Klecks am Tellerrand, wo man sich mit sich selber drum streitet, wann man ihn aufißt. Die Majonäse muß – Paff! – voll auf die Pommes, sozusagen flächendeckend, und dann reinziehen – lecker!

Also, um das noch mal klarzustellen: Man kann ja gegen das Karl-Heinz-Plum-Guminasium sagen, was man will, aber die Lage! Die Lage ist einfach toll.

Tschö wa!

Der Notenfindungsprozeß

Also, woran ich mich nicht gewöhnen kann, das sind diese Notenkonferenzen, die alle halben Jahre stattfinden bei uns am Karl-Heinz-Plum-Guminasium, wie scherzhaft zu notieren ich mich auch in kompliziertesten Sachverhalten – und warum gerade in diesem Fall? – selten bremsen kann. Am Dienstag war es mal wieder soweit.

Wer wissen will, wie ungerecht und brutal das Leben ist, der muß eigentlich unbedingt mal so'ne Veranstaltung miterlebt haben – es sei denn, er hätte gerade im Lotto gewonnen und nur 84 000 Mark für sechs Richtige bekommen. Da kriegt man ja nicht mal einen anständigen Porsche für – mit Zigarettenanzünder und selbstreinigendem Aschenbecher. Apropos sechs Richtige, eine richtige Sechs auf dem Zeugnis ist auch nicht gerade ein Volltreffer, und eine Fünf läßt ebenfalls zu wünschen übrig – mit oder ohne Zusatzzahl.

Was mich immer so aufregt, ist die Art und Weise, wie manche Noten zustande kommen. Zum Beispiel die Sache mit den Zeugnislisten, da macht sich der Laie ja keinen Begriff von. Ein paar Tage vor den Konferenzen werden nämlich Listen ausgelegt, in denen die Lehrer ihre Noten eintragen sollen. Und da gibt es immer ein paar Spezialisten, die warten bis zur letzten Sekunde, bevor sie ihre Noten eintragen. Und wissen Sie, warum? Wer als letzter einträgt, kann natürlich sehen, was all die anderen vorher eingetragen haben.

Der Kollege Schwundling ist auch so'n Fall: Wenn da der Schüler Alfons Wegtrat glatt steht, dann gibt er ihm garantiert 'ne Fünf, denn mit einer Fünf passiert ja nichts. Hat der Wegtrat aber schon eine Fünf bekommen, dann gibt der Schwundling ihm eine Vier. Sonst müßte er nämlich eine

Nachprüfung durchführen, und das ist Arbeit – wer will das schon? Soweit ist das Ganze noch schülerfreundlich, aber nehmen Sie mal den Fall, der arme Alfons Wegtrat hat schon zwei Fünfen – was dem Knaben ja ohne weiteres zuzutrauen ist –, dann läßt es sich der Schwundling natürlich nicht nehmen, ihm durch eine dritte Fünf den Garaus zu machen.

Aber nicht, daß Sie meinen, damit wäre der komplexe und verantwortungsvolle Notenfindungsprozeß bereits in jedem Fall abgeschlossen. Mitnichten! Was habe ich bei der letzten Versetzungskonferenz gelacht, als der Neuner – der war Klassenlehrer in der 8 – den Schwundling voll ausgetrickst hat. Unser Biologie-J. R. saß da nämlich im Glauben, er hätte der Helene Dünnpul mit einer satten Bio-Fünf den Gnadenschuß verpaßt. Aber der Neuner muß es irgendwie geschafft haben, die Notenliste ganz zum Schluß noch mal in die Finger zu bekommen und seine wacklige Deutsch-Fünf auf geheimnisvolle Weise – wenn Sie mich fragen: mit Hilfe seines kleinen Federmessers – in eine Vier umzuwandeln.

Na jedenfalls hat die Helene Dünnpul es dann doch geschafft. Noten sind eben Glückssache: Es kommt ganz darauf an, was man für einen Lehrer hat, wie man sich mit dem verträgt und wie der gerade gelaunt ist. Und wer das Gegenteil behauptet, der war entweder nie auf der Schule oder er hat pädagogische Kartoffeln auf den Augen.

Wenn zum Beispiel unserem Monsignore Stramm der Meßweinvorrat von der Loire ausgegangen ist, dann gibt es keine Einser mehr – dann hagelt es Zweien in Religion!

Und unser Kollege Bodenreck, das ist nachweisbar, wenn der in der Altherren-Rangliste im Tennisclub «Grün-Weiß» einen Platz absackt, dann sinkt der Schnitt der nächsten Klassenarbeit mindestens eine Note unter Normalpegel.

Ich habe ihm letztens noch geraten, er sollte das doch machen wie unser Boris: Der ist jetzt in der Weltrangliste einen Platz gestiegen, obwohl er in Australien gar nicht gespielt hat – weil nämlich der Jimmy Connors, der auch nicht in Australien gespielt hat, mehr Punkte nicht gewonnen hat als Boris.

Vielleicht wäre das sogar ein Patentrezept für unseren

Kanzler? Nach der neuesten Umfrage ist der doch in der Beliebtheitsskala auf 0,0 gefallen. Wenn er mal ein Jahr aussetzen würde, dann könnte es durchaus sein, daß er so viele falsche Entscheidungen nicht trifft, daß die SPD gar nicht mehr mitkommt. Obwohl: Wenn Sie mich fragen, eigentlich ist ja der Wert 0,0 unserem Bundeskanzler wie auf den Leib geschneidert.

Na egal – manchmal habe ich den Eindruck, es wäre am gerechtesten, im Kollegium einen Knobelbecher aufzustellen, um die Noten auszuwürfeln. Nicht, daß Sie jetzt meinen, ich hätte was gegen Knobeln, im Gegenteil: Wenn ich abends mal ein Stündchen Zeit habe, gehe ich gern noch rüber in den «Grünen Heinrich» und knobel 'ne Runde mit Bodo. Und wenn ich dann nach Hause komme und hab so einen Kleinen im Tee, dann glauben Sie gar nicht, wie flüssig mir die Korrekturen von der Hand gehen.

Nur eins habe ich mir abgewöhnt: dann noch Noten zu geben. Es fällt am nächsten Tag nämlich manchmal sehr schwer, 'ne vernünftige Begründung dafür drunter zu schreiben.

Wie ich immer sage: Nur kein Ärger mit der Notenfindung, nuur kein Ärger! Schon gar nicht nach acht Pils und vier Aquavit. Dann lieber gleich knobeln!

Tschö wa!

Mit zwanzig Mark dabei

Also, es gibt ja Tage, letzten Mittwoch zum Beispiel, da hatte ich gleich in den ersten vier Stunden eine Klassenarbeit in der 12.

Und ich biege wie immer zeitgleich mit der Pausenklingel um Punkt acht auf den Schulhof ein bei uns am Karl-Heinz-Plum-Guminasium, wie ich an solchen Tagen nur widerwillig über die Lippen zu bringen in der Lage bin, da steht doch tatsächlich so ein großer roter Sportwagen auf meinem Stammplatz. Ich habe dann in meiner Not auf dem Fahrradweg vor der Schule geparkt.

Es ist ja was Furchtbares mit diesen langen Klassenarbeiten: der enge Raum, das fiese Neonlicht, acht grippekranke Schüler mindestens, die einem die Hucke vollniesen – und dann noch Wallenstein.

Ich war heilfroh, als ich mit den Klausuren zur Tür raus war, und hatte gerade die mindestens 150 DIN A 4-Seiten Geschreibsel auf den Rücksitz geworfen, da sehe ich so ein Zettelchen an der Windschutzscheibe kleben: Mit 20 Mark war ich dabei.

Ich wollte mich schon schwarzärgern, da fiel mir ein, daß Inge versprochen hatte, Frikadellen zu machen, und zwar mit Kohlrabi. Und wenn Inge eins kann, dann sind das Frikadellen, da können Sie mich aber für ansehen.

Ich mußte nur erst unsere Schreibmaschine von der Reparatur abholen; die ist so schwer, daß Inge sie unmöglich tragen kann. Und sie brauchte die Maschine doch dringend, weil sie am Nachmittag mit ihrer Frauenfahrradgruppe ein Flugblatt entwerfen wollte zum Thema: Frauen strampeln langsam, aber gewaltig – oder so ähnlich.

Diese alten Schreibmaschinen wiegen ja fast soviel wie ein Fernsehapparat, und wie ich so mit dem Apparillo aus dem

Geschäft wanke, steht da ein Polizist an meinem Wagen und schreibt gerade ein Knöllchen. Ich sag:

«Hören Sie mal, ich war erst letzte Woche beim TÜV.»

«Sehen Sie sich den Wagen doch mal an», blökte dieser Wichtigtuer, «was fällt Ihnen auf?» Und dann knallte er auch noch die Tür zu, die ich extra aufgelassen hatte, um schnell die Maschine auf der Rückbank absetzen zu können.

«Mir fällt auf, daß Sie mir die Tür zugeknallt haben!» hab ich gesagt. Sie hätten mal sehen sollen, was der Kerl sich aufblies: Ein unverschlossenes Auto, das wäre eine mangelhafte Sicherung des «Kfz» und insofern eine Gefährdung des Straßenverkehrs. Ich könnte froh sein, daß ich mit 20 Mark davonkäme.

Die Schreibmaschine baumelte inzwischen auf Kniehöhe. Ich wußte gar nicht, daß ich so lange Arme habe. Irgendwie habe ich es dann aber doch geschafft, die Tür aufzukriegen und das Ding mit letzter Kraft auf die Wallenstein-Klausuren fallen zu lassen. Da waren die Pappenheimer aber platt, von den Piccolominis ganz zu schweigen.

Mit zwei Knöllchen, einer Schreibmaschine, 24 Klassenarbeiten und zwei halbausgekugelten Armen kam ich dann endlich zu Hause an. Gott sei Dank war direkt vor der Haustür ein Parkplatz frei.

Im Nu hatte ich sechs Frikadellen verdrückt und wollte mir 'nen großen Löffel Kohlrabi auf den Teller häufeln, da rief Inge vom Fenster her:

«Sag mal, Anton, ist das nicht unser Wagen hier unten vorm Haus?»

Ich sag: «Ja, Ingekind, da habe ich ausnahmsweise mal Schwein gehabt mit dem Parkplatz. Außerdem hatte ich heute schon zwei Knöllchen. Das reicht doch wohl. Also der Kohlrabi ist ja mal wieder so was von delikat...»

«Warum hast du die Knöllchen denn an der Windschutzscheibe gelassen?» fragte sie, «oder ist das ein Aufkleber?»

Prompt fielen mir die Kohlrabi von der Gabel, und ich bin sofort runter zum Wagen: Tatsächlich! Hatte ich mir doch schon wieder so'n 20-Marks-Knöllchen gefangen.

Als ich in die Wohnung zurückkam, war ich fertig mit den Nerven:

«Also das lasse ich mir nicht gefallen. So vorschriftsmäßig habe ich noch nie geparkt.»

«Von wegen.» Meine Frau war wie üblich besser informiert. «Ab heute haben die in unserer Straße das Anwohnerparken eingeführt – du solltest mal wieder Zeitung lesen.»

Das war natürlich eine Unverschämtheit, aber ich war so erleichtert, daß ich großzügig darüber hinwegsah:

«Dann ist das sicher ein Irrtum», sag ich, «die wußten nicht, daß ich hier wohne.»

«Neenee», meinte Inge, «das geht anders: Beim Anwohnerparken muß jeder Anwohner sich für 60 Mark einen Jahresschein bei der Stadt holen.»

Das leuchtete mir ein:

«Ach so, und wenn man diesen Schein kauft, hat man praktisch einen eigenen Parkplatz vor dem Haus. Das ist ja direkt preiswert, wenn man bedenkt, wie leicht man an einem Tag für 60 Mark Knöllchen kriegen kann.»

Da hat mir meine liebe Frau Inge erst mal erklärt, was Anwohnerparken nicht ist, nämlich ein Parkplatz vor der Tür. Denn jeder Anwohner kann sich so einen Schein besorgen, ganz egal, wie viele Parkplätze es überhaupt gibt. Unsere Straße zum Beispiel: Da gibt es ungefähr 60 Autos und 10 Parkplätze; ansonsten ist absolutes Halteverbot.

Und das ist jetzt der große Fortschritt beim Anwohnerparken: Früher fand man keinen Parkplatz, weil alles zugeparkt war, und heute findet man keinen Parkplatz, weil alles zugeparkt ist, aber man hat wenigstens ordnungsgemäß dafür bezahlt, und die Stadt kriegt ein paar Mark mehr Einnahmen, um neue Politessen einzustellen.

«Ich habe schon immer gesagt, du solltest Fahrrad fahren», meinte Inge, «komm doch heute abend auf die Podiumsdiskussion bei unserer Frauenfahrradgruppe: ‹Vom Rücktritt zum Fortschritt: Das Damenfahrrad als Ausweg aus dem Individualverkehr›.»

Ich habe mir schnell ’nen doppelten Cognac genehmigt, sonst wäre ich geplatzt. Ich sage nämlich immer: Nur kein Ärger mit der Gattin, nuur kein Ärger! Sonst bricht der Individualverkehr noch ganz zusammen.

Tschö wa!

Ein Absinth aufs Haus

Also, daß etliche Schulen geschlossen werden müssen wegen des Schülerrückgangs, ist ja mittlerweile allen bekannt; manche können noch von Glück sagen, wenn sie mit anderen Schulen zusammengelegt oder als Gesamtschule ausgeguckt werden. Aber jetzt sind auch bei uns die Anmeldungszahlen zurückgegangen am Karl-Heinz-Plum-Guminasium, wie scherzhaft zu bemerken ich mir auch in Zeiten des Schülerschwundes nicht nehmen lasse.

Wir waren alle wie vor den Kopf geschlagen, als unser Direktor auf der letzten Konferenz mitteilte, daß in den nächsten Tagen eine Kommission erscheinen würde, um zu prüfen, ob in unserer altehrwürdigen Anstalt nicht eine Gesamtschule untergebracht werden könnte.

Alle saßen rum wie belämmert, und Fräulein Müller-Siebenknick, unsere zarte Musikpädagogin, kämpfte schon mit den Tränen:

«Was wird denn dann aus uns?» schluchzte sie, «werden wir alle versetzt?»

«Einige werden sicher hier im Hause weiterbeschäftigt werden», sagte unser Direx, «aber die meisten müssen sich schon darauf einrichten, an eine andere Schule und in eine andere Stadt zu kommen.»

In diesem Moment schlug der Monsignore laut mit der flachen Hand auf den Tisch und erhob sich in seiner stattlichen Leibesfülle.

«Moment mal», rief er, «so leicht sollten wir doch die Flinte nicht ins Korn werfen. Die werden sich noch wundern!» Und dann hat er uns erst mal seinen Plan erläutert...

Jedenfalls hatten wir die nächsten Tage alle Hände voll zu tun, denn bereits eine Woche später stand die Kommission auf der Matte: Das Kultusministerium, der Regierungspräsident, das Schulamt, die Baubehörde – alle hatten sie ihre Spezialisten in Marsch gesetzt.

Unser Direktor hatte sich verabredungsgemäß an diesem Morgen krank gemeldet, und so mußten der Monsignore und ich die ehrenwerte Kommission durchs Haus führen. Als erstes baten wir unsere Gäste ins Lehrerzimmer. Fräulein Schwiemel hatte fein säuberlich sämtliche Pflanzen in den Heizungskeller verfrachtet, alle Bilder abgehängt, Papierkörbe und Aschenbecher prall gefüllt und sechs von den acht Neonröhren rausgedreht. Es war aber immer noch Licht genug in dem kahlen, schäbigen Raum, um die Batterien von Schnapsflaschen auf den Fensterbänken deutlich erkennen zu können.

«Tja, das ist unser Lehrerzimmer!» Der Monsignore warf sich voller Stolz in die Brust: «Die Kaffeemaschine ist leider seit Ostern defekt, aber Sie können sich gerne einen Absinth aufs Haus genehmigen. Das Kollegiumsglas müßten Sie allerdings noch spülen, da hat gestern die Fachkonferenz Deutsch draus getrunken.»

Herr Dr. Faulhammer, Kultusministerium Düsseldorf, lief rot an, und Herr Stößl, Regierungspräsident Köln, begann, seine Brille hektisch zu putzen.

«Erst möchten wir mal eine Inspektion der Gebäudesubstanz durchführen», stieß er hervor.

«Gebäudesubstanz?» rief ich fröhlich, «kein Problem, da haben wir 'ne Menge von!» Weil ich immer sage: Nur kein Ärger mit der Behörde, nuur kein Ärger – schon gar nicht, wenn es um die Substanz geht.

Zunächst sind wir rauf in den zweiten Stock, um die Kunsträume unter dem Dach zu begutachten. Die waren vielleicht hin- und zugerichtet! Der Neuner, unser agiler Kunstlehrer, der so gern mit Holz arbeitet, hatte mit seinem Leistungskurs in tagelanger Kleinarbeit mit Gips und Farbe eine prächtige Schimmelpilzlandschaft an die Decke gezaubert. Große, gelbe Nässeflecken an den Wänden rundeten die künstlerische Leistung ab, von den völlig versauten Linoleumresten, die er auf den Fußboden geklebt hatte, mal ganz zu schweigen.

«Warum flackert eigentlich das Licht immer so?» fragte Herr Dr. Faulhammer, Kultusministerium Düsseldorf, spitz, während er sich eifrig Notizen machte.

«Das hat nichts weiter zu bedeuten», sagte der Neuner und zog sich die Pudelmütze tief ins unrasierte Gesicht, «das ist normal. Mir wäre viel lieber, wenn die Heizung funktionieren würde. Aber ich will nicht klagen, schließlich stammen die Wasserrohre noch aus vornapoleonischer Zeit.»

«Darf ich Ihnen als nächstes die Turnhalle zeigen?» rief der Monsignore, «ein denkmalverdächtiges Relikt aus den Zeiten Turnvater Jahns!» Und schon bahnte er unseren Inspektoren einen schmalen Pfad durch Zementsäcke und Gipstüten zum Treppenhaus. Bis wir ihnen den gröbsten Dreck aus den Kleidern geschlagen hatten, waren wir etwa auf Höhe des Chemiesaals angelangt. Plötzlich stank es bestialisch, und eine dreckige, gelbrote Gaswolke vernebelte den Flur.

«Was ist passiert?» röchelte Herr Stößl, Regierungspräsident Köln, und schüttelte sich in einem heftigen Hustenanfall.

«Kein Anlaß zur Besorgnis», sag ich, «eine der üblichen Emissionen aus dem Chemiesaal. Leider ist das Entlüftungsnotaggregat nicht mehr so ganz in Ordnung, aber der Kollege Schwundling hat mir versichert, daß die EG-Grenzwerte nicht überschritten werden, und wenn, dann nur ganz selten.»

«Beachten Sie bitte diesbezüglich», fuhr der Monsignore fort, «daß die Stadt in ihrem fürsorglichen Weitblick die Fensterscheiben, die bei dem berühmten Herbststurm '81 zu Bruch gegangen sind, nicht ersetzt hat. Atmen Sie mal tief durch, corpus fidelibus, da merkt man doch, wie schön Sauerstoff sein kann.»

Nachdem wir dann in der Turnhalle den zerbrochenen Barren und die angefaulten Sprungmatten begutachtet hatten, die der Kreuzbein extra mit dem Bully von der Deponie organisiert hatte, wollten die Kommissionsmitglieder eigentlich abreisen. Aber der Monsignore bestand auf einer Besichtigung der von ihm verwalteten Lehrerbibliothek.

Das Ergebnis übertraf meine Erwartungen bei weitem: Tausende von vergilbten und verkokelten Folianten lagen in den Ecken rum, einzelne Blätter und abgerissene Buchrükken flogen über den Boden – da hätte selbst Umberto Eco keinen Roman mehr draus machen können. War doch der Monsignore einfach hingegangen und hatte die ganzen Buchtrümmer aus der früheren Sakristei, wo '45 kurz vor Kriegsende eine Brandbombe eingeschlagen hatte, in die Lehrerbibliothek rübergeholt und unsere Bücherei in den Heizungskeller ausgelagert.

«Danke, das reicht!» sagte Herr Dr. Faulhammer, Kultusministerium Düsseldorf, und Herr Stößl, Regierungspräsident Köln, steckte sein Notizbuch mit zitternden Händen in die Jackentasche.

Und Sie werden es nicht glauben: Heute morgen kam der Brief mit dem Kommissionsbescheid: Unsere Anstalt wäre sowohl von der Bausubstanz und der Ausstattung wie auch von der gesamten Atmosphäre her in ganz besonderer Weise geeignet für die Einrichtung einer Gesamtschule.

Ja – da hatte sich die Mühe doch wenigstens gelohnt.

Tschö wa!

Ein Lehrerkegelabend

Also, habe ich Ihnen schon erzählt, daß letztens wieder ein neuer Lehrerrat gewählt wurde bei uns am Karl-Heinz-Plum-Guminasium, wie zwischen Kackstuhl und Totenkiste scherzhaft zu bemerken einer meiner leichtesten Würfe ist.

Der Lehrerrat soll nämlich die Interessen der Lehrer vertreten, und ausgerechnet der Kollege Schwundling ist Vorsitzender geworden. Einen schlimmeren Bock hätte man gar nicht zum Gärtner machen können.

Prompt entwickelte unser Elitegremium ungeahnte Aktivitäten. Es dauerte keine zwei Wochen, da hing auch schon der erste Vorschlag am schwarzen Brett: Jeden Monat sollte in Zukunft ein Lehrerkegelabend im «Ritter» stattfinden – zur Verbesserung der interkollegialen Kommunikation.

Nun sind mir ja Kegel- und ähnliche Vereine sehr zuwider, und zwar nicht erst, seitdem so ein Club mal 'ne ganze Nacht vor meinem Hotelzimmer gesungen hat – nie wieder Traben Trabach, sage ich Ihnen. Aber der Monsignore Stramm und der Neuner meinten, sie würden sich das mal ansehen, und da habe ich mich breitschlagen lassen.

Als wir drei dann vorigen Mittwoch im «Ritter» ankamen, war das Kegeln schon in vollem Gange, und wir wurden sofort auf die Mannschaften verteilt.

Ich hab ja gestaunt, was so mancher Pädagoge in dieser Sportart draufhat. Wie zum Beispiel der Kollege Kreuzbein die Kugel ins Holz donnerte, da hätte ich mich als Kegel schon vorher freiwillig hingelegt. Oder der Kleinlich mit seinen hinterlistigen Effetstößen: Da spritzten die Bauern links und rechts nur so weg.

Aber dann kam unser Monsignore dran, den inzwischen das Kegelfieber gepackt hatte.

«Wo ist der König?» rief er knapp.

«Der in der Mitte», meinte der Neuner, unser handwerklich beschlagener Kunstpädagoge, «der mit dem Hütchen.» Und der Neuner muß es wissen, der arbeitet viel mit Holz.

«Zurücktreten bitte!» Der Monsignore nahm Anlauf, als wollte er den Weltrekord im Dreisprung brechen. Bedauerlicherweise hatte er wohl das falsche Schuhwerk an und schlidderte mit Karacho die Kegelbahn entlang.

«Ungültig!» sagte der Kreuzbein, «Sie sind übergetreten.»

Als nächster war ich an der Reihe. Gott sei dank hatte ich schon mal Kugelstoßen im Fernsehen gesehen und kannte das Problem mit dem Übertreten. Ich habe auch nicht übergetreten und hatte 'nen tollen Schwung drauf, bloß das mit den drei Drehungen hätte ich weglassen sollen, hat mir der Kreuzbein dann erklärt. Man müßte einfach nur aus dem Handgelenk werfen, dann könnte man auch die Richtung bestimmen.

Aber der Höhepunkt des Abends kam erst noch – Fräulein Müller-Siebenknick mit ihrer neuen Frisur: Original Lady Diana im historischen Tudor-Look. Kein Wunder, daß Prinz Charles lieber allein auf Schloß Highgrove sitzt und seine Pferde striegelt.

Jedenfalls versuchte unsere zarte Musikpädagogin verzweifelt, die Kugel anzuheben. Endlich schaffte sie es, das Ding mit beiden Händen hochzuhieven, und torkelte gerade auf den Abschußpunkt zu, da erzählte der Monsignore Stramm den Witz von dem Arzt mit den zwei Hunden.

Da hätten Sie mal die Siebenknicksche schallend lachen hören können, aber nur ganz kurz: Ihre glockenhelle Stimme wurde nämlich schlagartig vom wütenden Geheul des Kollegen Schwundling übertönt. Dem war die Kugel direkt aufs Hühnerauge geflogen.

Den Rest des Abends mußte der arme Mann mit hochgelagertem Bein auf der Reservebank verbringen.

Ich habe ihm als Trost 'nen Cognac ausgegeben, und ich sag noch so:

«Herr Schwundling, der Abend ist ein voller Erfolg, mal interkollegial-kommunikativ gesehen. Dafür sollte man Sie glatt zum Bundesverdienstkreuz vorschlagen.» Da krachte es furchtbar und das Licht ging aus. Der Monsignore hatte mit einem kräftigen Rückhandvolley den Sicherungskasten erwischt.

Na jedenfalls, der Kegelabend war gelaufen. Wir sind dann noch in den «Grünen Heinrich», um den Abend gemütlich ausklingen zu lassen.

Ich wollte gerade die zweite Runde bei meinem Stammwirt Bodo bestellen, da fragte der Monsignore:

«Sagen Sie mal, haben Sie hier eigentlich auch eine Kegelbahn?»

«Die ist außer Betrieb!» hab ich ganz schnell gerufen. Das hätte mir noch gefehlt. Nur kein Ärger in der Stammkneipe, nuur kein Ärger! Schon gar nicht mit solchen Kegelexperten.

Ich habe dem Monsignore dann vorgeschlagen, im Dom zu kegeln. Im Hauptschiff könnte man doch wunderbar Anlauf nehmen, aber da war es auch schon halb drei. Der Monsignore fing prompt an, sich über die Baugeschichte der Basilika zu verbreiten, und ich weiß noch, wie der Neuner dem Wirt erklären wollte, wie man Frisee-Salat macht: Mit Speck-Croutons und Basilika. Und ich fing an zu singen: Jedem Hegel seinen Kegel.

Aber da hat Bodo uns rausgeschmissen. Man soll eben aufhören, wenn's am schönsten ist.

Tschö wa!

Das Natürlichste von der Welt

Also, ich komme gestern in unser heißgeliebtes Karl-Heinz-Plum-Guminasium, wie ich scherzhaft zu bemerken an diesem Tag eigentlich keinen Grund gehabt hätte, gucke aufs Schwarze Brett, und was lese ich da? Hatten sie mir die Vertretung Deutsch in der 10 aufgebrummt.

Frau Nöthig fehlte nämlich schon seit drei Tagen. Niemand wußte genau, was sie hatte, aber Fräulein Schwiemel, unsere Sekretärin, hat mir vertraulich mitgeteilt – ganz unter uns, Sie verstehen –, Frau Stöcklein wäre zu so einem mikrochirurgischen Eingriff in der Klinik, weil sie keine Kinder kriegen könnte, und das sollte jetzt da behoben werden.

Mir wurde sofort klar: Das hieß mindestens drei Wochen Vertretung. Dabei führen solche Eingriffe noch längst nicht immer zum Erfolg. Wir hatten nämlich mal so einen Fall quasi in der Familie: Die Helga, eine Kusine von Inge, wollte unbedingt Kinder haben mit ihrem Karl-Heinz, und das klappte nicht. Ich habe selbst mal erlebt, wie dieses Ekelpaket die arme Frau deshalb fertiggemacht hat: An ihm läge das nicht, sie wäre schuld, und wenn sie Kinder wollte, wäre das ihr Problem.

Helga ist dann zu guter Letzt ins Krankenhaus gegangen und hat diese Geschichte mit den Eileitern machen lassen, aber die ganze Quälerei hat nichts genutzt. Gott sei Dank haben die beiden sich dann bald getrennt, und Helga hat letztes Jahr Bernd kennengelernt, das ist ein wirklich netter Kerl, mit dem ist sie jetzt zusammengezogen. Und was erzählt mir Inge vor ein paar Tagen? Helga hat ein Kind gekriegt, einen gesunden Jungen. Was haben wir gelacht!

Na jedenfalls, ich mußte die Klasse von Frau Nöthig übernehmen und hab erst mal ins Klassenbuch geguckt, was die so machen: Erörterung, aha, und als letzte Hausaufgabe war eingetragen ein Aufsatz mit dem Thema: «Künstliche Befruchtung – ja oder nein?»

Ach du grüne Neune, habe ich gedacht, so ein Thema in der 10! Aber so ist das eben: Bei manchen Kollegen können Sie die Schlagzeilen aus der Tagesschau am nächsten Morgen als Aufsatzthemen wiederfinden. Ich habe mir den ersten besten Schüler rausgegriffen und ihn sein Elaborat vorlesen lassen. Das hätte ich lieber nicht tun sollen!

Künstliche Befruchtung – ja oder nein?

Einleitung: Gestern las ich in der Zeitung, daß neuerdings auch der Imker seine Bienen künstlich befruchtet. Warum soll ihm das nicht auch mit seiner Gattin gestattet sein?
Hauptteil: Heute gibt es künstliche Zähne, künstliche Haare und sogar künstliche Herzen. Daher kann auch die Befruchtung künstlich hergestellt werden.
Gegenargument: Andererseits sollte dem Mann das Gefühl nicht geraubt werden, daß er ein nützliches Glied unserer Gesellschaft ist.
Vorteile: Ein Vorteil wäre sicherlich, daß sich die Männer nicht mehr so abzurackern brauchten. Auch für die Frauen wäre es viel angenehmer. Außerdem ist die Trefferquote wesentlich höher.
Nachteile: Es steht natürlich zu befürchten, daß in einigen Jahren der Geschlechtsverkehr völlig ausstirbt, wie heute schon der Emu in Australien. Allerdings gäbe es auch kein Aids mehr, woran man wieder einmal sieht, daß man nicht alles haben kann.
Schluß: Wenn ich alle Fürs und Widers gegeneinander abwäge, komme ich zu dem Schluß, daß die künstliche Befruchtung heute das Natürlichste von der Welt ist.

Ich war vielleicht froh, als es zur Pause klingelte. Prompt lief ich auf dem Flur unserem Chefbiologen in die Arme, dem Kollegen Schwundling.

«Herr Hinlegen», sagt er, «könnten Sie mir helfen, die Dosen hier runterzutragen?»

«Aber gerne», sag ich, «was ist denn da drin?»

«Samen, lauter Samen. Die haben die Kinder von zu Hause mitgebracht.» Da wären mir aber bald die Dosen hingefallen. «Tomatensamen, Paprikasamen, Sonnenblumensamen, da können wir wieder was Schönes züchten in unserem Versuchsgärtchen – das ist im Moment sehr aktuell.»

Kaum war ich im Lehrerzimmer und hatte mich zu meiner Tasse Kaffee zurückgezogen, da überfiel mich der Kollege Kleineidam und wollte wissen, ob ich zufällig gestern diesen Film über die Gefahren der Gentechnologie auf Video aufgenommen hätte. Den könnte man sicher gut im Unterricht einsetzen. Ich sag:

«Was für'n Film?» Na ja, diesen Film im Dritten, 22 Uhr 15, den Titel hatte er vergessen; jedenfalls käme ein Wissenschaftler vor, der ein menschliches Gen isoliert, das umgehend an ein weibliches Affenhirn angeschaltet wird.

Da hatte ich aber die Faxen dicke. Ich hab mir die Kanne Kaffee genommen und bin rauf in die Lehrerbibliothek. Denn ich sage immer: Nur kein Ärger mit Kollegen, nuur kein Ärger, schon gar nicht, wenn sie sich an ein Affenhirn anschalten wollen! In der Bibliothek hat man wenigstens seine Ruhe, denn welcher Pädagoge kommt bei der heutigen permanenten Überlastung schon noch zum Lesen?

Nur Monsignore Stramm, unser verdienter Religionspädagoge, saß da ganz still und blätterte in einem dicken Buch.

«Ich hoffe, ich störe Sie nicht», sag ich.

«Aber keinesfalls», meinte der Monsignore, «ich bereite nur meinen Unterricht vor.»

«Darf man fragen, was Sie momentan durchnehmen?»

«Sicher», sagt er, «wir sprechen gerade über die unbefleckte Empfängnis der heiligen Maria.»

Gott sei Dank, habe ich gedacht, wenigstens einer, der das Thema «künstliche Befruchtung» nicht ausschlachtet.

Tschö wa!

Letzter Mann

Also, hab ich Ihnen eigentlich schon erzählt, daß ich jetzt offiziell der letzte Mann im Kollegium bin? Seit der vorigen Konferenz ist es amtlich.

Die Kollegen von «Heilig-Geist» hatten uns nämlich zu einem Freundschaftsspiel herausgefordert. Typisch «Heilig-Geist», fachlich können sie uns nicht das Wasser reichen, da versuchen sie's eben mal mit Fußball – aber kneifen konnten wir ja schlecht. Jedenfalls sollte der Kollege Kreuzbein, unser erfahrener Sportpädagoge, die Mannschaft zusammenstellen. Der Direx ging mit gutem Beispiel voran:

«Ich war in meiner Jugend ein prima Linienrichter», war er am Angeben, «Sie können ruhig auf mich zurückgreifen, Herr Kreuzbein.»

«Schade», denk ich noch, «wär genau mein Posten gewesen», da meldete sich auch schon der Monsignore Stramm, unser trinkfester Religionspädagoge:

«Ich gehe auf jeden Fall ins Tor – ich habe bereits im Jahre des Herrn '59 mit meinen Reflexen den Kasten saubergehalten. Gegen Kloster Reichenau! Da hätten Sie mal verzweifelte Benediktiner erleben können!»

Wahrscheinlich ist der Monsignore damals strafversetzt worden zu uns ans Karl-Heinz-Plum-Guminasium, wie ich zwischen Fallrückzieher und Spannschuß hin und wieder gerne scherzhaft und unerreichbar für den Schlußmann mit einem satten Volley unter die Latte hämmere. Ich wollte mir schon meinen rechten Innenmeniskus als Entschuldigung zurechtlegen, da stellte sich plötzlich heraus, daß noch der elfte Mann fehlte.

«Herr Hinlegen», flötete Fräulein Müller-Siebenknick, «bei Ihrem Körperbau sind Sie doch wie geschaffen für die Manndeckung.»

«Jawoll», rief dieser Idiot von Kreuzbein, «Sie sind der geborene Ausputzer!»

«Da bin ich wohl mal wieder letzter Mann», sag ich, «na gut! Aber eins ist klar: Wenn mir irgendeiner von diesen heiligen Geistern im Strafraum auftaucht, dann setzt es sofort die berüchtigte Hinlegen-Grätsche, so wahr ich hier stehe!»

Eine Woche später war es dann soweit: Die ganze Mannschaft fieberte nervös dem Anpfiff entgegen, nur der Monsignore Stramm in seinem schwarzen Bermuda-Dress strahlte absolute Ruhe aus. Der Kreuzbein erklärte uns noch mal die Taktik: Hinten zumachen und dann intelligente Konter nach vorn!

Kaum hatten wir uns auf dem Feld richtig verteilt, da tauchte Dr. Bleifuß von «Heilig Geist» vor mir auf. Ich wollte eben «Guten Tag» sagen, da lag ich auch schon flach. Noch im Hinlegen sah ich den Ball links oben im Netz zappeln.

Ich bin natürlich sofort aufgesprungen und habe mir den Ball geangelt, um aus dem Stand einen intelligenten Konter einzufädeln.

Taktisch waren wir jedenfalls Spitze. Nur als dann in der Kabine der Kollege Bleifuß von «Heilig Geist» ankam und mir höhnisch zu der «knappen 0:12-Niederlage» kondolierte, hab ich kurz und knapp gefragt:

«Kennen Sie eigentlich die Hinlegen-Grätsche?»

«Nee», meinte er, und schon lag er in der Dusche. Ich sage nämlich immer: Nur kein Ärger mit Anton Hinlegen, nuur kein Ärger! Und schon gar nicht unter der Dusche.

Tschö wa!

Ich und Fisch

Also, die Ferien hätten so schön werden können! Drei Wochen Südfrankreich allein mit Inge, die Kinder waren ja bei einem Sprachkurs in England gut untergebracht, und die ganze Zeit nur rumgammeln, kochen, gute Weine trinken und ja nicht ans Karl-Heinz-Plum-Guminasium denken, wie scherzhaft zu bemerken ich an der Côte d'Azur problemlos und langanhaltend unterdrücken kann.

Aber von wegen Côte d'Azur – Kotz dü Rhon käme der Sache schon näher. Und das alles nur durch ein einziges Stückchen Fisch, so was kann ja nur mir passieren: Dabei eß ich normalerweise gar keinen Fisch, mal abgesehen von Rollmops in Majonäse nach langen Nächten oder so 'nen Kabeljau mit Senf, wie meine Großmutter das machte: Die kochte den Kabeljau so lange, bis sich der Fisch nicht mehr auf der Gabel halten konnte.

Aber meine Inge sagt immer, hier unten am Mittelmeer gäb es so tolle frische Fische, die müßte man einfach gegessen haben, sonst wär man praktisch gar nicht hier gewesen. Also hab ich mich breitschlagen lassen und tatsächlich Fisch gegessen: Lotte und Merlin, Rascasse und Doraden und wie die Knaben alle heißen – schmeckte auch gar nicht mal so verkehrt. Bis ich dann in der Zeitung was gelesen habe von diesen Nematoden-Würmern, die man in den Fischen gefunden hat; da bin ich sofort in den Fisch-Streik getreten.

Aber zwei Tage später kam dann ja die große Entwarnung: Der Fisch würde jetzt garantiert immer erst gefroren, so daß die Würmer sofort absterben. Ein paar Fischfabriken ließen sogar große Anzeigen drucken: «Wir kaufen und genießen Fisch».

Na, denn guten Appetit, hab ich gedacht, abgestorbene Würmer sind bestimmt was Feines. Aber Inge zuliebe habe ich dann eine Scholle verspeist, die sie im Supermarkt tiefgefroren gekauft hatte; Export aus Deutschland: Sicher ist sicher.

Aber ob das Tier nun vorher in der Sonne gelegen hatte oder wie auch immer, in der folgenden Nacht brach das Inferno über mich herein – oder soll ich sagen, aus mir heraus? Fieber, Erbrechen, Durchfall – ich wußte zeitweise nicht mehr, wo vorne und wo hinten ist, und dann hatte ich auch noch diesen furchtbaren Alptraum.

Ich lag auf einem Leuchttisch, und drei finstere Wesen mit dicken Gummihandschuhen drehten mich hin und her. Plötzlich rief eine Stimme: «Da ist der Wurm drin!», und eine Gestalt mit einer riesigen Zange in der Hand kam näher und näher an meinen Bauch ran, und da erkannte ich auch das Gesicht: Rita Süssmuth persönlich! Und gerade, als sie mit der Zange zupacken wollte, wachte ich schweißgebadet auf. Inge guckte schon ganz komisch, weil ich mehrfach gerufen haben muß:

«Nicht, Rita! Laß das, Rita!»

Dabei hat der Dr. Chabeuf hinterher gesagt, mit Nematoden-Würmern hätte das nichts zu tun, das wäre eine ganz normale Fischvergiftung und ich hätte noch mal Glück im Unglück gehabt. In welchem Lokal ich denn da gewesen sei?

Natürlich hab ich die Klappe gehalten, sonst hätte ich auch noch den schönsten Ärger mit meiner Inge gekriegt, und ich sage doch immer: Nur kein Ärger mit der Gattin, nuur kein Ärger, schon gar nicht im Urlaub und erst recht nicht, wenn man die Vergiftung schon hat.

Mal im Ernst: Was soll man denn überhaupt noch essen?! Hormone im Fleisch, fauliges Flüssigei in den Nudeln, Salmonellen in Konserven, Caesium in den Pilzen, und Würmer im Fisch – da weiß meine Tante Gerda ja nicht mehr, ob sie freitags noch Fisch essen darf, wenn da soviel Fleisch drin ist.

Aber es gibt auch einen Hoffnungsschimmer: Das Fische-Zeitalter geht nämlich zu Ende, sagen die Astrologen, und dann kommt die Epoche des Wassermanns. Unsere westlichen Nachbarn haben sich schon drauf eingestellt; wie sagt der Franzose? Au reservoir!

Tschö wa!

Von Grillen und Mücken

Also, letzte Woche Samstag war ich ja zum Grillfest eingeladen beim Kollegen Kleinlich. Das sollte noch nachträglich für seine Beförderung gelten. Aber der alte Geizkragen hat dann so lange gewartet, bis er seinen Geburtstag, die Kindstaufe und die Einweihung der neuen Wohnung gleich mit abfeiern konnte.

Ich hab natürlich meinen Wagen zu Hause gelassen und war schon bedient, als ich da ankam: Viermal mußte ich umsteigen, und dann waren es noch gut zwanzig Minuten Fußweg. In so einer Siedlung möchte ich ja nicht abgemalt sein. Ein Bungalow ist wie der andere: die gleichen Flachdächer, die gleichen Vorgärtchen mit den gleichen Mäuerchen inklusive fleißiger Lieschen, Toilette und Bad voll gekachelt, versteht sich, und hintenraus der 20-Quadratmeter-Garten mit Grillecke.

Man muß natürlich auch die Vorteile sehen: Wenn man sich hier die Hausnummer abhängt, dann findet einen praktisch kein Mensch mehr. Da wäre man sogar vor der nächsten Volkszählung sicher.

Immerhin hatte der Kleinlich alles aufgeboten, was das Herz eines echten Grillers höherzirpen läßt: Hals- und Stielkoteletts die Menge, das sind diese fetten Schweinsteile, die angeblich so sein müssen, weil das Fett dem Fleisch den Geschmack gibt – sofern Fleisch dran ist; ferner Würstchen weiß und rot eimerweise, riesige Behälter mit Senf, Ketchup und anderen Geschmacksneutralisatoren und Hackfleischbällchen bis zum Abwinken. Das hab ich auch lieber getan, ich bin schließlich Besseres gewöhnt von Inges Frikadellen: Und wenn Inge eins kann, dann sind das Frikadellen, da können Sie mich aber für ansehen.

Nee, Grillen ist nicht mein Fall. Aber ich hatte doch wenigstens mit einer guten Getränkelage gerechnet. Von ween, Hinlegen! Das Bier war lauwarm und der Weißwein mehr was für ältere Damen, denen der Eierlikör ausgegangen ist.

Jedenfalls hatte Fräulein Müller-Siebenknick, unsere zarte Musikpädagogin, schon nach drei Glas dermaßen einen im Schlappen, daß sie von Nicole bis Tony Marshall alles mitträllerte, was sich aus dem bedauernswerten Kofferradio in den wehrlosen Garten ergoß.

Und wenn es was umsonst gibt, sind natürlich alle Kollegen da vom Karl-Heinz-Plum-Guminasium, wie scherzhaft in den Small-talk einzuwerfen mir auf Grillfesten angesichts von hilflosen, weil am Kotelett nagenden Gesprächspartnern eine Freude ist. Nur daß unsere Mathematikreferendarin gekommen war, darüber habe ich mich doch sehr gewundert; Sie erinnern sich, das Fräulein Kaczmarek, die Kurvendiskussion, wie sie leibt und lebt, da weiß man gar nicht mehr, wohin mit den Tangenten.

Mit der hatte doch der Kleinlich letzten Sommer bei der Klassenfahrt angeblich ein waschechtes Fistanöllchen. Hab ich Ihnen das nicht erzählt, wie damals vor dem Hotel in Paris der Leistungskurs Mathematik eines Morgens dieses unaussprechliche Kleidungsstück am Fahnenmast gehißt hat? Na egal, genau ist das ja nie geklärt worden, aber Frau Kleinlich muß doch was spitzgekriegt haben; ist ja auch kein Wunder, wenn der langjährig Angetraute plötzlich mit neuer Frisur rumläuft.

Und stellen Sie sich vor: Als Fräulein Kaczmarek sich in ihrem blütenweißen Sommerkleid über den Grill beugte, um sich noch ein Würstchen zu angeln, warf Frau Kleinlich urplötzlich den Fön an:

«Die Kohlen werden kalt!» rief sie und pustete mit dem Fön direkt in den Grill.

Schade, daß gerade kein Prinz da war, der hätte unser Fräulein Kaczmarek sofort als Aschenputtel identifiziert. Ich denke noch: Jetzt werden hier gleich die Messer blank gezogen – da war unsere Kurvenexpertin mitsamt ihren Extremwerten schon wutschnaubend und türenknallend verschwunden. Ein Glück! Denn ich sage immer: Nur kein Ärger auf Grillfeten, nuur kein Ärger, schon gar nicht bei so einer verzweifelten Getränkelage.

Aber das Schlimmste kam ja noch so gegen halb zehn auf uns zu – erst als leises Geräusch und dann als jäh einsetzender, heftiger Juckreiz: Genau – Mücken! Innerhalb weniger Minuten kratzte sich die Gesellschaft an allen nur erdenklichen Körperteilen.

Wußten Sie eigentlich, daß nur die weiblichen Mücken stechen können? Die Männchen können nämlich gar kein Blut saugen! Statt Saugrüssel hat die männliche Mücke am zweiten Fühlerglied ein Hörorgan – wahrscheinlich, um rechtzeitig zu hören, wann die Weibchen mit ihren Saugrüsseln kommen. Da brauchen Sie gar nicht so zu gucken, das steht alles im Lexikon.

Wenn Sie zum Beispiel einen Mückenschwarm sehen, der friedlich unter den Bäumen in den letzten Sonnenstrahlen tanzend auf- und niederschwebt, wie zu einer geheimen Musik: Das sind die Männchen. Aber wenn Sie so ein einzelnes Flugobjekt bemerken, das verbittert und blutrünstig mit zitterndem Saugrüssel durch Ihr Schlafzimmer irrt: Zeitung falten und sofort zuschlagen! Das war dann ein Weibchen.

Also, kurz gesagt – die Grillfete war ein voller Erfolg: miese Stimmung, kalte Würstchen, schlechte Musik, warmes Bier.

Aber die Mücken, die haben einen Riesenspaß gehabt – zumindest die Weibchen.

Tschö wa!

Das Doppelkoppkränzchen

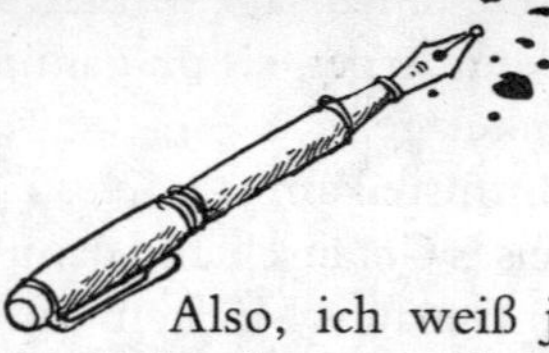

Also, ich weiß ja nicht, wie es mit Ihnen ist, aber ich spiele sehr gern: Skat, Halma, Monopoly kann ich nächtelang spielen, oder Doppelkopp, auch schon mal 'ne schöne Partie Schach, wenn man nicht allzu deutlich verliert und hinterher so einsam mit seinem Pferd in der Ecke steht. Oder «Fang den Hut» mit verschärften Regeln! Da muß der Gewinner zum Schluß alle Hütchen auf einmal fangen – wunderbar.

Im Grunde spiele ich eigentlich fast alles gern – die Frage ist nur, mit wem. Es gibt nämlich zwei Sorten «homo ludens», mit denen ich lieber nicht spiele; das ist übrigens nichts Unanständiges, sondern nur der gebildete Ausdruck für «Zocker».

Die erste Sorte sind so Leute wie der Kollege Kleinlich, das ist mir letztens wieder aufgefallen bei unserem Kollegiumsausflug am Karl-Heinz-Plum-Guminasium, wie ich scherzhaft auch gegen vier, Hose runter und den von oben, Schneider Schwarz anzusagen die Stirn besitze. Da haben wir mit unserem Religionslehrer, Monsignore Stramm, ein paar Runden Skat gespielt: So was Verkniffenes wie den Kleinlich hab ich selten erlebt! Der gehört zu den Leuten, die sich grundsätzlich immer ärgern. Wenn er gewinnt, ärgert er sich, weil er nicht höher gewonnen hat, und wenn er verliert, sowieso. Der zählt auch immer mit und weiß genau, ob er noch 17 oder 18 Punkte braucht, um zu gewinnen. Kein Wunder, daß er sauer ist, wenn er sich verzählt hat.

Aber viel schlimmer finde ich diese Belehrungen, wenn man verloren hat und muß sich anhören, wie man eventuell hätte gewinnen können.

«Herr Hinlegen», erzählt der Kleinlich zum Beispiel, «da

dürfen Sie doch nie die Dame vorspielen, wenn Monsignore noch auf seinem König sitzen!»

«Wieso», sag ich.

«Na ist doch klar! Ich werfe mich in Pik frei, steche ein und hab das Kreuz hoch.»

«Moment», meint der Monsignore, «wenn hier einer das Kreuz hoch hat, dann bin ich das! Außerdem hätte ich meinen Alten nehmen müssen und Herr Hinlegen seinen Buben vorne gehabt.»

Das wiederholte sich nach jedem Spiel, der Monsignore war's hinterher auch so leid, daß er den Kleinlich am liebsten exkommuniziert hätte. Es gibt ja nichts Schlimmeres, als wenn Kleriker auf Choleriker treffen. Aber ich hab die beiden noch mal beruhigen können. Nur kein Ärger mit Cholerikern, nuur kein Ärger, schon gar nicht, wenn man drei Buben und zwei Asse auf der Hand hat – in der Ramschrunde.

Die zweite Gruppe von Menschen, mit denen ich nicht gern spiele, das sind die Leute, denen immer alles egal ist, wie neulich bei dem Doppelkoppkränzchen von Fräulein Müller-Siebenknick, unserer zarten Musikpädagogin; ich bin da mal reingeraten, weil Herta-Gesine Friedhof die Grippe hatte und nicht spielfähig war.

Die ganze Zeit redeten die Mädels nur über die Dinge des Lebens: die Nachbarn, die Schule, die stadtbekannten Frauenärzte, wo man nicht mehr hingehen sollte, was mich besonders interessierte – da dauerte ein Spielchen manchmal eine halbe Stunde.

Und dann hatte ich auch noch dauernd so miese Karten, daß ich voll im Minus hing, wohingegen die Müller-Siebenknicksche die tollsten Blätter auf die Hand bekam: Herzzehnen und Kreuzdamen die Hülle und Fülle. Und was meinen Sie? Das war der völlig gleichgültig. Die strengte sich kein bißchen an und gewann trotzdem ein Spiel nach dem anderen. Und als ich dann endlich mal ein anständiges Blatt hatte, da gähnte sie laut, legte ihre Karten offen auf den Tisch, aus Versehen selbstverständlich, und sagt:

«Wie lange wolltet ihr eigentlich noch spielen heute?» Und dann so scheinheilig mit Blick auf die Uhr:

«Oooh, das ist ja schon Viertel vor elf...»

Da bin ich so schnell wie möglich in meine Stammkneipe aufgebrochen. Sonst heißt es hinterher noch, Anton Hinlegen wäre ein schlechter Verlierer.

Das fehlte gerade noch!

Tschö wa!

Rettet das Feuchtbiotop

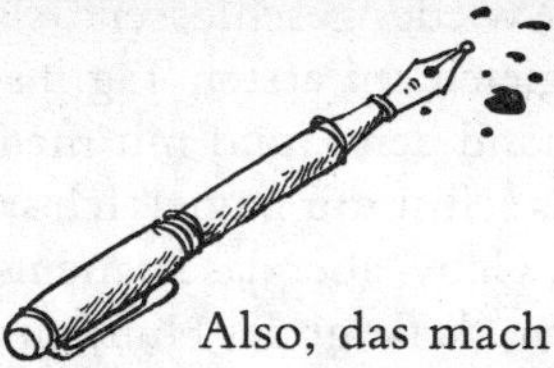

Also, das mach ich ja auch nicht noch mal. Meine Frau hatte mich nämlich überredet, mit einer Gruppe zu verreisen. Sie meinte: Immer willst du alleine wegfahren, wie so'n Einsiedlerkrebs; du mußt dich ein bißchen öffnen und kommunikativer sein, sonst lernt man doch nie neue Leute kennen!

Dabei bin ich ja gerade so froh, daß ich in den paar Wochen Urlaub weiß, was auf mich zukommt – nämlich Ruhe, Ruhe und nochmals Ruhe. Ich sag nämlich immer: Nur kein Ärger im Urlaub, nuur kein Ärger!

Wenn ich zum Beispiel in den Ferien so daliege auf der schattigen Veranda und gucke in die sonnige Landschaft, was strahlt die dann aus? Ruhe! Genau. Oder ich sitze abends mit meinem Fläschchen beisammen, Appellation und alles controlée, was flößt mir das ein? Ruhe! Viel, viel innere Ruhe, und die muß ich auch haben, denn wenn der Unterricht wieder anfängt bei uns am Karl-Heinz-Plum-Guminasium, wie scherzhaft anzumerken ich in den Ferien mühsam Kräfte gesammelt habe, dann darf ich wieder den Raubtierbändiger markieren: Gehen Sie mal in einen Raum, in dem 34 Halbwüchsige randalieren wie die Wahnsinnigen, was machen Sie da? Sie schreien auch, und zwar: Ruhe!!!

Und deshalb brauche ich auch meine Ruhe so dringend, privat und beruflich – aber dieses Jahr hab ich mich eben von meiner Frau breitschlagen lassen.

Die kennt nämlich ein paar Mädels aus der Projektgruppe «Rettet das Feuchtbiotop», und die hatten beschlossen, zusammen mit LG ein Ferienhaus in Südfrankreich zu mieten. LG heißt übrigens «Lebensgefährte», das hab ich bei der Gelegenheit auch mal erfahren.

Na ja, und da sollte ich mich dann öffnen, kommunikativ

und so, und das hab ich sofort gemacht: Aber dann hab ich mich ganz schnell wieder geschlossen. Ich bin ja nicht pingelig, aber als ich gleich am ersten Tag ins Badezimmer kam und sah, wie jemand den Hund mit meinem Handtuch abfrottierte, war das selbst mir zuviel. Ich sag:

«Entschuldige, Gaby, aber das ist meins!» und will mir das Handtuch nehmen, da fängt der Hund furchtbar an zu bellen und schnappt nach mir. Ich konnte dem Tier nicht mal böse sein, das war nämlich eine sehr unglückliche Mischung: Im ersten Moment sah es aus wie ein junger Schäferhund, war aber beim zweiten Hinsehen ein sehr alter Dackel, der über sich hinausgewachsen war.

Viel schlimmer war das, was ich mir geleistet hatte. Der Jemand hieß nämlich nicht Gaby, sondern Doris, das hatte ich in meiner Erregung verwechselt. Sie können sich nicht vorstellen, was ich zu hören bekam beim Abendessen: Da hätte ich ja mal wieder mein Desinteresse an einer Humanisierung der Kommunikationsbedingungen durch Sensibilisierung für den dialogischen Prozeß an sich bewiesen, und Doris wäre jetzt ganz verstört, weil ich ihr das Handtuch so gewaltsam aus der Hand gerissen hätte.

Ich habe natürlich am nächsten Tag sofort versucht, meinen Fehler wiedergutzumachen. Ich sag nämlich immer: Nur kein Ärger im Feuchtbiotop, nuur kein Ärger, schon gar nicht, wenn es voll sensibilisiert ist!

Als nach dem Frühstück der Spüldienst eingeteilt wurde, will sagen, wer abends freiwillig die Küche saubermachen mußte, rief ich sofort: «Hier!» Leider hatte ich in meiner einfachen Art eines übersehen: An dem Tag kochte nämlich besagte sensible Doris. Ich sage nur drei Worte: Spaghetti mit Tomatensauce!

Wissen Sie, was passiert, wenn man drei Großflaschen Tomatenketchup mit zwei Klinikpackungen Tomatenmark verrührt und eine Stunde lang kochen läßt? Ich hab's erst nicht glauben wollen: Der ganze Raum war rotgesprenkelt, bis unter die Decke – tutto completto tomato!

Die halbe Nacht hab ich gebraucht, bis die Küche sauber

war. Aber dafür bin ich mit dem Problem des «Sich-Öffnens» endlich weitergekommen: So geöffnet wie an diesem Abend hab ich mich selten. Alles, was im Kühlschrank war, hab ich geöffnet und jedesmal laut gerufen: «Rettet das Feuchtbiotop!» So laut, daß denen nebenan das Strickzeug aus der Hand gefallen ist.

Seitdem hab ich's endlich begriffen: Offen sein ist gut. Aber öffnen ist besser.

Tschö wa!

Staatsbankett

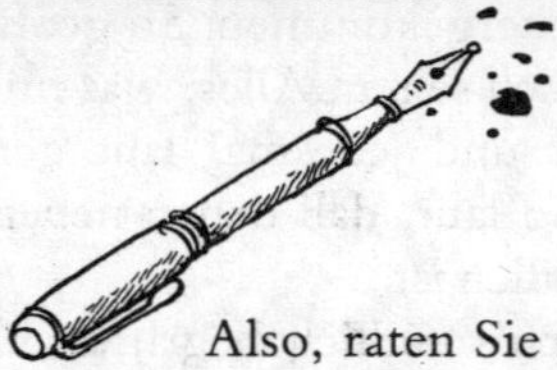

Also, raten Sie mal, wer uns vor ein paar Tagen geschrieben hat ans Karl-Heinz-Plum-Guminasium, wie ich so gerne zwar etwas diplomatisch-formelhaft, aber doch immer zu einem kleinen Scherz aufgelegt, in die Konversation einfließen lasse? Richtig! Der Herr Bundespräsident persönlich.

Bei hohen Staatsbesuchen wäre es üblich, eine repräsentative Gruppe von Bürgern einzuladen, damit die Staatsgäste einen Eindruck gewinnen könnten von der pluralistischen Wirklichkeit dieser unserer Bundesrepublik. Dazu gehörten natürlich auch die Pädagogen, und der Personalcomputer des Landes NRW hätte nun einen Kollegen unserer Anstalt ausgesucht. Jetzt halten Sie sich fest: Herrn Oberstudienrat Bodenreck! Ausgerechnet den Bodenreck, meinen Intimfeind: Das ist so'n Typ, der die Schüler noch nach zwei Jahren nicht mit Namen kennt, die Noten meistens auswürfelt und auch mal einem Schüler eine reinhaut, wenn keiner guckt und die Beweislage günstig ist.

Und der war jetzt also hochoffiziell eingeladen in die Godesberger Redoute zum Staatsbankett mit Charles und Diana. Der Bodenreck ist sofort losgezogen und hat sich einen Smoking und 'ne neue Frisur verpassen lassen. Der sah aus: Eine Mischung aus dem frühen Peter Ustinov und dem späten Hermann Göring, würde ich mal sagen.

Auch die meisten Kollegen sind mächtig ausgerastet – Sie hätten mal unseren Direktor hören sollen:

«Für diese ehrenvolle staatsbürgerliche Aufgabe beantrage ich selbstverständlich zwei Tage Sonderurlaub für Sie», sagt er, «ich wäre Ihnen nur sehr verbunden: Falls der Herr Bundespräsident in Ihre Nähe kommen sollte, dann erwähnen Sie doch den Namen unserer Anstalt wie zufällig im Gespräch.»

Ich sage noch so zu Monsignore Stramm:

«Wieso um alles in der Welt wählen die eigentlich die größte Lusche aus, die unsere ehrwürdige Anstalt in den 275 Jahren ihres Bestehens erlebt hat?»

«Das sehen Sie ganz falsch», meinte der Monsignore, «der Kollege Bodenreck bringt die besten Voraussetzungen mit für eine politische Karriere. Wenn Sie sich nur mal unseren Bildungsminister vor Augen führen – die Nullösung in Person!»

«Da haben Sie recht», sag ich, «die GSG 9 auf Demonstranten loszulassen und 34 000 arbeitslose Jugendliche als die neue Normalität zu bezeichnen – das könnten auch Ideen vom Bodenreck sein.»

Na jedenfalls: Als der Bodenreck von seinem großen Auftritt zurückgekehrt war, stand er sofort im Mittelpunkt des Interesses. Fräulein Schwiemel war ganz außer sich:

«Haben Sie den Muschelrock gesehen», rief sie, «und Boris, war der auch da?»

«Und was war mit dem Bier», fragte Frau Stöcklein, «hat sie da nun dran getrunken oder nicht?»

«Die Petra Kelly soll ja geredet haben wie ein Wasserfall», mischte sich der Kleinlich ein.

«Und wie war das Essen?» rief der Schwundling, «Di soll die Schupfnudeln gar nicht angerührt haben!»

Es war wie im Tollhaus. Was interessiert es mich, ob das weinrote Samtkleid von Boris Beckers Freundin an eine Altardecke erinnert oder neben wem Blacky Fuchsberger seine Pfeife ausgepackt hat. Und soll ich Ihnen mal ganz ehrlich sagen, wie ich diese Lady Di finde? Ich finde sie einfach entsetzlich! Dagegen ist ja selbst der Beton-Charme von Doris Papperitz sympathisch. Und was die königlichen Knie angeht, damit das auch mal aus der Welt ist: Da kommt unser Dackel im Vergleich aber gut weg.

Ich bin dann lieber schnell rausgegangen: Nur kein Ärger mit Kollegen, nuur kein Ärger, schon gar nicht mit potentiellen Bildungsministern. Ich war schon fast am Portal, da fingen mich drei Schüler aus der Oberprima ab.

«Dürfen wir Sie mal 'nen Moment sprechen?» fragte der Pfeiffer, «es ist dringend.»

«Ja sicher», sag ich, «was ist denn los?»

«Ja, wissen Sie, Herr Hinlegen», druckste der rum, «diese Einladung vom Bundespräsidenten...»

«Was ist damit?» sag ich.

«Die ist nämlich von uns!»

Da ging mir aber ein Lampion auf. Die drei hatten doch tatsächlich einen Bundespräsidialbriefkopf mit dem Fotokopierer zusammengelogen und die ganze Geschichte frei erfunden, die im nachhinein in der Schülerzeitung veröffentlicht werden sollte.

«Keine schlechte Idee», sag ich, «aber warum erzählt ihr mir das?»

«Na ja», meinte der Herbert Birgel, ein netter Junge, den ich seit Sexta kenne, der hatte immer schon gute Einfälle: «Irgendwie hat der Bodenreck erfahren, wer den Brief geschrieben hat. Das war bestimmt der Dünnpul, der alte Streber.» Ich ahnte schon was:

«Wo ist das Problem?»

«Das ist so», fuhr er fort, «die Frau Stöcklein hat jetzt Schwangerschaftsurlaub, und der Bodenreck übernimmt ab nächste Woche unseren Französischkurs. Damit konnten wir doch nun wirklich nicht rechnen!» Ich mußte mir Mühe geben, nicht laut rauszuplatzen.

«Und wir haben gedacht», flüsterte der Pfeiffer, «vielleicht können Sie mit dem Bodenreck mal reden; der Herbert steht nämlich in Mathe auf der Kippe, und wenn der Bodenreck ihm jetzt eine reinwürgt, kann er das Abi vergessen.»

«Gut», sag ich, «ich rede mit dem Bodenreck – unter einer Bedingung: Kein Wort mehr zu irgend jemand über die Angelegenheit.»

Ich habe mir dann als erstes den Schüler Dünnpul vorgeknöpft:

«Mein lieber junger Freund –» der guckte schon immer ganz hastig zur Tür –, «wenn auch nur ein Sterbenswörtchen über die besagte Geschichte aus dem Gehege deiner Zähne entfleucht, dann wird deine Zulassung zum Abitur sehr, sehr schwierig. Ich denke da an einige drohende Defizite im Fach Deutsch. Und jetzt mach, daß du rauskommst!»

War das erste Problem schon mal erledigt.

Ich bin dann schnurstracks ins Lehrerzimmer, wo sich der Bodenreck gerade verdünnisieren wollte.

Ich sag: «Herr Kollege, auf ein Wort. Sie übernehmen doch jetzt den 13er Kurs Französisch. Ich möchte Ihnen da den Schüler Birgel besonders ans Herz legen.»

«Wie darf ich das verstehen, Herr Hinlegen», tat er ganz unschuldig.

«Sollte mir zu Ohren kommen», sag ich, «daß der Herbert Birgel Ihretwegen das Abitur nicht schafft, dann werde ich mal klarstellen, wer der Bundespräsident wirklich war, der Ihnen diesen Brief geschrieben hat. Anderenfalls bleibt die Sache unter uns – das garantiere ich.»

Das hat den Mann auf der Stelle überzeugt. Als ich nach Hause fuhr, kam ich mir vor wie J. R. persönlich. Man stelle sich vor: Hätte der Herbert Birgel diesen Streich nicht ausgeheckt, dann wäre er womöglich tatsächlich durchs Abitur gefallen!

Aber andererseits: Wer soviel Initiative zeigt, dem kann man doch die Reife nicht absprechen – finden Sie nicht?

Tschö wa!

Klassenfahrt nach Rom

Also, hab ich Ihnen schon erzählt, daß ich kürzlich zehn Tage lang dienstlich in Rom war? Wir hatten nämlich wieder unsere Klassenfahrten am Karl-Heinz-Plum-Guminasium, wie auch mit 62 Primanern am Backen hin und wieder scherzhaft, wenn auch mit letzter Kraft, aus mir herausbricht.

Es fing schon mal damit an, daß ich gar nicht mitwollte. Aber unser Direx ließ nicht locker.

«Herr Hinlegen», war er am Salbadern, «Sie mit unserem Kunsthistoriker Müller-Schrägstrich – das wäre doch ein tolles Team! Herr Müller-Schrägstrich übernimmt die Führung durch die Sixtinische Kapelle, und Sie machen das mit der Bahnfahrt, dem Hotel und was sich so ergibt...»

Vor allen Dingen «was sich so ergibt». Das hieß im Klartext: Der Müller-Schrägstrich hat eine Woche frei, und Anton Hinlegen rotiert durch die Landschaft. Aber dann sah ich gerade noch rechtzeitig, wie Frau Stöcklein rüberguckte und sich meldete. Sofort rief ich:
«Aber wunderbar, mit Herrn Müller-Schrägstrich nach Rom, das war schon immer mein Traum!» Dann schon lieber die Arbeit alleine machen und Rabatz im vatikanischen Museum, als sich eine Woche lang schutzlos das Letzte über Akupunktur und Ikebana, Bhagwan und Psychodrama anhören zu müssen.

Im nachhinein muß ich sagen: Das Schlimmste auf so einer Klassenfahrt sind gar nicht die vielen Kirchen, die man sich angucken muß, oder daß man so wenig Schlaf kriegt, weil man aufpassen muß, daß sich die Reisegruppe nicht vermehrt. Nein, das Schlimmste ist das dauernde Übergeben.

Ja, Sie lachen! Denken Sie mal an Ihre eigenen Klassenfahrten, hat sich da vielleicht keiner übergeben? Na also! Man kann sich den Mund fusselig reden über die «Gefahren des Alkohols», das hilft alles nichts, jede Nacht ist was los: In Schränke, in Flure, aus dem Fenster, überall wird sich hin übergeben, und einer muß doch den ganzen Mist hinterher wegmachen, damit die Gruppe nicht aus dem Hotel fliegt! Dafür bin ich ja nun auch nicht ausgebildet worden.

Bedauerlicherweise sind es meistens noch die Allerbravsten, die brechen – die sind nämlich nichts gewöhnt und entleeren sich bereits nach einem Deziliter Amaretto – furchtbares Zeug. Aber die kann man dann wieder nicht bestrafen, weil sie ja eigentlich so unheimlich brav sind. Also wenn Sie mal 'n Beispiel suchen für die Ausweglosigkeit im antiken Drama – jetzt haben Sie eins.

Und dann auch noch der Müller-Schrägstrich, die alte Saufnase: Jeden Abend stand der als leuchtendes Beispiel in der kleinen Trattoria und nahm einen Frascati nach dem anderen zu sich; wenn ich schon dreimal auf der Toilettina gewesen war, hatte der noch nicht mal mit der Wimper gezuckt.

Gleich am ersten Abend brach das Inferno los. Die Zimmer unseres Hotels lagen nämlich um einen wunderschönen Innenhof herum, wo alle Fenster sperrangelweit offenstehen wegen der Hitze. Wenn da jemand parterre niest, ruft im vierten Stock einer: «Gesundheit!»

Ich war gerade im Bett, da fing plötzlich irgendwo im Haus jemand an, fürchterlich zu würgen. Im ersten Moment dachte ich an ein Kapitalverbrechen, aber die Rhythmik der Geräusche sprach dagegen. Sie können sich gar nicht vorstellen, was so ein romantischer römischer Innenhof alles hergibt, mal akustisch gesehen. Da hat aber keiner mehr geschlafen! Ich hab hinter dem Fenster gestanden und versucht rauszukriegen, von wo die Geräusche kommen – aber das wurden immer mehr! Zum Schluß klang es so, als brächen sie aus allen Zimmern gleichzeitig; so was kann ja auch leicht ansteckend sein. Jedenfalls gingen überall die Lichter an, Türen schlugen, Wasser rauschte, Wasser schwoll...

Ich habe in der Nacht nicht rausgekriegt, wer da die Initialzündung losgelassen hat. Aber als ich am nächsten Morgen zum Frühstück kam und sah den Müller-Schrägstrich, da war mir alles klar.

Leichenblaß hing der Mann über seinem Teebeutel und aß Zwieback. Es fehlte nicht viel, und ich hätte eine anzügliche Bemerkung losgelassen. Aber ich hab mir gedacht: Nur kein Ärger im Hotel, nuur kein Ärger! Und so, wie der Müller-Schrägstrich aussah, hatte er auch Ärger genug gehabt.

Obwohl: Manchmal ist man ja einfach zu gut.

Tschö wa!

Die Kamasutra-Grätsche

Also, letzte Woche hatten wir mal wieder Bundesjugendspiele bei uns am Karl-Heinz-Plum-Guminasium, wie ich anstelle des Frühsports scherzhaft zu bemerken nun schon seit Jahrzehnten mit großem Erfolg praktiziere.

Diesmal waren Winterspiele angesagt, und das heißt Geräteturnen in der Halle. Dabei müssen wir Kollegen immer als Kampfrichter herhalten – oder als Hilfestellung.

Ich stehe traditionsgemäß am Kalkeimer und überwache die Magnesium-Zuteilung: Nicht daß es am Ende bei der eingesprungenen Gienger-Kehre noch zu dreifachen Verbrennungen an der Reckstange kommt.

«Sie machen dann bitte Hilfestellung am Pferd, Frau Stöcklein», rief der Kollege Kreuzbein, unser erfahrener Sportpädagoge.

«Wäre das nicht mehr was für den Kollegen Schwundling», begann die gleich zu stammeln, «als Biologe hat er ein ganz anderes Verhältnis zu Tieren.»

«Aber das ist doch kein Problem», sagte der Kreuzbein, «Sie müssen nur richtig zupacken, besonders beim Handstandüberschlag, sonst ist der Arm ausgekugelt, und das gibt dann schlechte Haltungsnoten.»

Sei dem, wie es sei: Die Buben und Mädels turnten sich fast die Seele aus dem Leibchen. Wenn Turnvater Jahn das noch hätte erleben können! Dreimal mußte ich den Kalkeimer nachfüllen.

Aber das Schönste kam ja noch. Kaum waren die Schüler in den Umkleidekabinen verschwunden, wollten einige Kollegen unbedingt beweisen, daß sie die Geräte trotz ihres fortgeschrittenen Alters immer noch fest im Griff hatten. Als erster warf sich der Kleinlich auf seinen krummen Rücken.

«Jetzt zeig ich Ihnen mal, was 'ne Kippe ist!» rief er.

«Ich denke, hier ist Rauchen verboten», murmelte Frau Stöcklein irritiert.

«Gucken Sie lieber gar nicht hin», sag ich, als der Kleinlich mit Ach und Krach auf den Füßen zu stehen kam. Aber unsere verhinderten Olympiasieger waren nicht mehr zu bremsen.

«Achtung, ich komme!» schrie auf einmal der Monsignore Stramm. Er hatte heimlich Anlauf genommen und stampfte wie weiland Ferdinand der Stier auf das Pferd zu. Mit voller Wucht schlug er auf das Sprungbrett, schoß wie ein Kugelblitz knapp über den Lederrücken, schrammte über die Kante und knallte mit geblähter Soutane hinter dem Gerät dumpf aufs Parkett. Ein angehockter Harakiri ist nichts dagegen.

«Daß der Hallenboden das aushält», schoß es mir durch den Kopf, «alle Achtung, ist in den fünfziger Jahren doch stabil gebaut worden!» Nur dem Pferd war leider nicht mehr zu helfen.

Allmählich packte mich der Ehrgeiz. Ich meine, ich war nie ein großer Turner, aber wenn ich eins kann, dann ist das der Abgang von der Stange. Und Sie hätten mal sehen sollen, wie elegant ich in einer einwandfreien Kamasutra-Grätsche übers Reck schwebte.

Als ich mich dann mittags zu Hause hinkend aufs Sofa schleppte, fragte mein Ingelein ganz besorgt:

«Was hast denn du gemacht?»

«Ach», sag ich, «ich hab 'nen Hexenschuß – auf einmal, von jetzt auf gleich war er da, mir nichts, dir nichts.»

Die Wahrheit hab ich mir lieber verkniffen. Wie ich immer sage: Nur kein Ärger mit der Gattin, nuur kein Ärger! Schon gar nicht wegen eines vereinzelten Abgangs.

Tschö wa!

Wie giftig ist die Schule?

Also, ich muß Ihnen da noch was erzählen von der sogenannten «Projektwoche» bei uns am Karl-Heinz-Plum-Guminasium, wie so scherzhaft auch angesichts etlicher unbezahlter und, was noch schlimmer ist, sinnloser Überstunden zu bemerken die Lust ich mir nicht nehmen lasse.

Sie müssen sich das folgendermaßen vorstellen: Jeder Lehrer bietet ein bestimmtes Projekt an, das eine Woche lang bearbeitet werden soll, und die Schüler können sich eins davon aussuchen. Das heißt im Klartext: Bei sechs bis acht Kollegen ist die Hütte rammelvoll, und die anderen haben endlich mal 'ne Woche Zeit, um wichtige Dinge zu erledigen: Winterreifen aufziehen, Dauerwelle erneuern lassen, Surfbrett ölen und wozu man sonst so in der Alltagshektik nicht kommt.

Man staunt ja immer wieder, wofür die Schüler sich entscheiden. Ich wäre zum Beispiel nie darauf gekommen, daß Frau Stöcklein mit ihrem Französischprojekt «Sartre und die Angst vor Fliegen» 63 Oberstufenschüler mobilisieren konnte; die Wirkung von schwarzen Netzstrümpfen ist eben schwer einzuschätzen. Auch Fräulein Müller-Siebenknick, unsere zarte Musikpädagogin, hatte den Nagel auf den Kopf getroffen mit ihrer Thematik «Wir basteln uns ein Instrument».

Der Neuner, unser begabter Kunstlehrer, lag mit seiner kunstgeschichtlichen Aktion «Früher war alles aus Holz» ebenfalls gut im Trend. Und meine Arbeitsgruppe in Deutsch «Punkt, Komma, Strich – wir setzen ein Zeichen» lief gar nicht mal so übel.

Aber was mich ja am meisten gewundert hat, waren die Schüler aus dem Leistungskurs Chemie. Die hatten sich nämlich in eigener Regie das Projekt vorgenommen: «Wie giftig ist unsere Schule?» Und als Fachberater hatten sie den Schmelzeisen genommen, der ist Referendar bei uns für Bio und Chemie und konnte deshalb nicht nein sagen.

Es dauerte keine zwei Tage, da hatten unsere Nachwuchsnobelpreisträger Erstaunliches zutage gefördert: Die Knetmasse, mit der unsere Unterstufenschüler so gerne im Kunstunterricht rumsauen, enthielte angeblich in hohem Maße Polyvinylchlorid und sei daher sehr gefährlich. Und der Sport wäre an unserer Schule auch nicht gerade das Gesündeste: In der Turnhalle gäbe es reichlich Formaldehyd, und der rote Aschenplatz wäre zwar optisch schön, enthielte aber jede Menge giftiges Asbest. Der Sportkollege Kreuzbein sprang fast im Dreieck, als er das hörte. Und der Kleinlich mit seiner Informatik kriegte auch sein Fett weg: Die Computerbildschirme, an denen die Schüler sich durch schöne bunte Videospiele mit großem Fleiß weiterbilden, gäben radioaktive Strahlen ab.

Man durfte gespannt sein, was unsere kregelen Jungchemiker noch alles rauskriegen würden. Aber dummerweise machte der Referendarius Schmelzeisen in seinem pädagogischen Überschwang einen taktischen Fehler. Am Ende der Projektwoche sollte nämlich ein bunter Abend stattfinden, auf dem Eltern, Schüler und die Lokalpresse von den Ergebnissen der Projektwoche unterrichtet wurden.

Und da wollte die Gruppe vom Schmelzeisen ihre Ergebnisse mit einem Flugblatt bekanntmachen. Soweit, so gut. Doch warum mußte der Mann dieses Flugblatt schon einen Tag vorher dem Direktor zeigen? War doch klar, daß unser Direx das Muffensausen kriegte und das Flugblatt sofort verboten wurde.

Der Schmelzeisen war ganz fertig mit den Nerven.

«Herr Hinlegen», sagte er, «was soll ich nur machen? Wenn das Flugblatt erscheint, macht mich der Direktor zur Minna, und wenn ich es den Schülern verbiete, dann lassen die mich im Examen auflaufen – ich weiß gar nicht, was schlimmer ist.»

Ich sag: «Lieber Herr Schmelzeisen, nur kein Ärger in Gewissensfragen, nuur kein Ärger! Das kann man sich als Referendar nicht leisten. Lassen Sie mich nur machen.» Mir war da nämlich eine Idee gekommen. Erst habe ich mir vom Direktor einen Imbißstand für die Abschlußveranstaltung genehmigen lassen, ganz im Sinne der Jahreszeit mit Glühwein und kleinen Häppchen. Der Direx war begeistert.

Ich kann Ihnen sagen: Unser Stand wurde ein voller Erfolg. Kein Wunder bei dem Angebot und den riesengroßen Plakaten, die der Chemie-Leistungskurs liebevoll mit Signalfarben ausgemalt hatte. Es gab: Käsebrote mit echt Schweizer Listeriosebakterien, Kalbshaxen, Östrogengehalt mindestens 60 Prozent, kühles Rheinwasser-Uferfiltrat aus dem Hause Sandoz mit Essigsäure und Vinclozolin-Geschmack, leckere Salate mit würziger Cadmiumremoulade und in spanischem Anilinöl gedünstete Maronenröhrlinge, Anbaugebiet Regensburg, mit schmackhaftem Caesiumanteil nicht unter 150 Becquerelchen.

Unser Monsignore Stramm war natürlich sofort Stammgast und kippte sich ein Glas Punsch nach dem anderen hinter sein Samtkrägelchen. Ab acht Uhr hätten wir praktisch die Lampions ausmachen können – so glühte Ehrwürdens mächtige Nase:

«Wie ich schon seinerzeit im Adolphinum immer sagte», rief der Monsignore, «in Glykolo veritas – die Wahrheit liegt im Glühwein!»

Tja, und wo der Mann recht hat – da hat er recht.

Tschö wa!

Laterne, Laterne

Also, ich fuhr gestern so zwischen sechs und sieben nach Hause, wir hatten da wieder so eine von diesen unsäglichen Konferenzen bei uns am Karl-Heinz-Plum-Guminasium, wie scherzhaft zu bemerken ich auch bei hereinbrechender Dämmerung keinen Grund sehe, mir zu untersagen, da war auf einmal die Salierstraße gesperrt.

Ehrlich gesagt, in letzter Zeit wird mir immer sofort mulmig, wenn ich einen Menschenauflauf sehe; dann noch Straßensperren, Polizei mit Blaulicht und so'n Malteser-Hilfs-Wagen mit Martinshorn, da bin ich sofort weiß um die Nase. Ja, womöglich wohnt man seit gestern in einem schwarzen Block und weiß gar nichts davon! Aber dann fiel mir noch gerade rechtzeitig ein, was da los war, von wegen Martinshorn: Der Martinszug war wieder unterwegs! Aus allen Richtungen kamen die Kinder mit ihren Laternen angelaufen und zogen jede Menge Erziehungsberechtigte hinter sich her, ein schönes Bild!

Als unsere Kinder noch in dem Alter waren, sind wir auch jedes Jahr mitgegangen. Aber das ist jetzt schon, lassen Sie mich nicht lügen... Meine Güte, wie die Zeit vergeht! Der Hannes muß nächstes Jahr zur Musterung, und Nicole wird im Januar fünfzehn und hat schon den ersten Freund. Und unsereiner mit seinem Wassereimer! Ich darf gar nicht dran denken, daß Inge und ich in sechs Jahren silberne Hochzeit haben, da kommt man sich ja vor wie Methusalem persönlich.

Na jedenfalls hab ich den Wagen stehenlassen und mir den Martinszug angeguckt. Nach zehn Minuten erschien dann auch endlich die Hauptperson des Abends: St. Martin hoch zu Roß, immer hinter der Blaskapelle her. Das arme Tier machte allerdings den Eindruck, als würde es das Ende der Veranstaltung nicht mehr miterleben, so schwer hatte es an seinem Martin zu tragen.

Irgendwie kam mir die mächtige Gestalt in Bischofsuniform bekannt vor, nur leider war die riesige Mütze ins Gesicht gerutscht und darunter alles mit einem monumentalen Wattebart zugeklebt. Bei verschärftem Vermummungsverbot wäre dieser St. Martin vom Pferd weg verhaftet worden. Das einzige, was man deutlich erkennen konnte, war die große rote Nase, und wie ich den Zinken so staunend betrachtete, fiel bei mir plötzlich der Groschen: Monsignore Stramm! Natürlich, der Monsignore als St. Martin, eine Topbesetzung.

Ich habe ihm selbstverständlich Gesellschaft geleistet und bin bis zum Ende des Zuges neben seinem edlen Zossen hergelaufen. Es war ganz schön kalt an dem Abend, und ich sag: «Alle Achtung, Monsignore, bei dieser Kälte und dem scharfen Ostwind so lange auf dem Pferd sitzen, das würde auch nicht jeder freiwillig auf sich nehmen!»

«Machen Sie sich keine Sorgen, Herr Hinlegen», meinte der Monsignore und zog eine dickleibige Bibel unter seinem weiten Gewand hervor, «schlagen Sie hier mal nach, da finden Sie für jedes Problem einen Spezialpsalm – aber passen Sie auf, daß es keiner sieht!»

Ich klappte das Buch vorsichtig auf, und raten Sie mal, was da drin war? Von wegen St. Martin, dann schon eher Martin, und zwar, wie Herr Kasparow neulich noch zu Herrn Karpow sagte, Remis! Aber ganz gleich, was drin war, 40 Prozent hatte das Gesöff mindestens. Als der Zug sich dann am Lindenplatz auflöste, war das Buch leer. Der Monsignore hing auf seinem Gaul wie weiland Lee Martin in dem bekannten Film «Cat Ballou» – oder wie der hieß. Ich bin jedenfalls sofort nach Hause gegangen und hatte gerade die Haustür aufgeschlossen, da stürmte eine Horde Kinder mit Laternen und Plastiktüten bewaffnet an mir vorbei die Treppe hoch.

«Moment», sag ich, «wartet mal hier, ich hab da noch eine Tüte leckere Sahnebonbons für euch, die hol ich mal eben!»

Die guckten mich völlig entgeistert an, und so'n ganz kleiner Rotzig hielt mir die Laterne direkt unter die Nase:

«Sahnebonbons? Ich höre immer Sahnebonbons! Mit fünf Mark sind Sie dabei! Oder 'ne Packung Zigaretten, sonst läuft gar nix, Opa.»

Also, da war ich ja von den Socken. Wenn ich noch daran denke, was damals so zusammenkam, wenn wir gripschen gingen: Altbatterien, leere Kugelschreiber, Seifenpröbchen, Kronkorken – also das, was man heutzutage weitläufig unter Sondermüll versteht. Und wenn mal 'ne Mandarine, ein Stück Schokolade oder ein paar Klümpchen vom vorigen Rosenmontagszug dabeiwaren, kam uns das vor wie Weihnachten.

Am liebsten hätte ich diesen Rabauken ordentlich den Marsch geblasen, aber erstens wollte ich mir die Stimmung nicht verderben lassen, und zweitens sag ich doch immer: Nur kein Ärger auf St. Martin, nuur kein Ärger! Schon gar nicht, wenn meine Inge ihre berühmte Martinsgans in der Röhre hat!

Und während verführerische Düfte mir den Weg in die vertraute Behausung wiesen, war es mir, als ob Klöße und Rotkohl leise riefen: «Anton, Marti'n's 'ne schöne Abend!»

Ja, und das hab ich dann auch gemacht.

Tschö wa!

Der Pfnüssel

Also, das Unangenehmste am Lehrerberuf ist der Schnupfen in all seiner bunten Vielfalt, auch Katarrh oder Pfnüssel genannt. Und mich erwischt es ja regelmäßig am letzten Schultag vor den Ferien: Kaum bin ich raus aus unserem Karl-Heinz-Plum-Guminasium, wie auch bei hohem Fieber und nach Einnahme stärkster Medikamente schmerzhaft, aber unwiderstehlich aus mir heraushustet, schon liege ich flach. Die typische Lehrerkrankheit!

Das ist vielleicht ein Elend – ein regelrechter Circulus bacilliosus. Um Buß- und Bettag geht das Trauerspiel Jahr für Jahr los. Diesmal eröffnete der Schüler Dünnpul die Saison: Und glauben Sie nicht, daß dieser Flegel sich mal ein Taschentuch oder das Lesebuch bei seinen Eruptionen vor die Nase hält. Kein Wunder, daß in Null Komma nichts die ganze Klasse krank ist. Schluß ist erst wieder so im Mai, wenn die ersten Sonnenstrahlen die nasalen Feuchtbiotope langsam trockenlegen.

Ich persönlich kenne kaum was Lästigeres als Schnupfen. Die Nase trieft und trieft, und ich frage mich immer, wie aus einem einzelnen Kopf überhaupt so viel Feuchtigkeit kommen kann. Und wenn ich nach ein, zwei Tagen in den Spiegel gucke, dann blüht und glüht es da – eine Baccararose ist das reinste Mauerblümchen dagegen.

Aber das größte Problem ist die Stimme, die sich im Laufe eines Vormittages aus einer Mehrklang-Autohupe in eine singende Säge verwandelt, um in der sechsten Stunde als röhrender Hirsch langsam zu verenden. Da wird das schönste Gedicht zur Lachnummer, wenn der Tyrann sich zum Schluß selber vom Thron niest.

Grauenhaft ist auch die Taschentuch-Überflutung – gebrauchte Taschentücher, soweit das Auge reicht: ausgebeulte Hosentaschen, pralle Plastiktüten, volle Papierkörbe. Ich beneide Frau Stöcklein um ihre Handtaschenlösung, die hat nämlich im Winter eine Zweithandtasche bei sich – nur für gebrauchte Taschentücher.

Und wenn ich schon mal das Gefühl habe, der Nasenzustand bessert sich und ich könnte den Tropfenfänger aus dem Gesicht nehmen, dann muß ich in die nächste Klasse, und der Alfons Wegtrat kommt mir entgegen und sagt:

«Herr Hinlegen, mir geht es nicht gut, kann ich bitte nach – Hatschi! – Hause gehen?»

Tja, da kann ich mir schon wieder eine Klinikpackung Taschentücher besorgen. Ich weiß auch genau, weshalb die Eltern ihre Kinder nicht öfter zu Hause lassen: wegen dieser vermaledeiten Tröpfcheninfektion. Die sollen sich in der Schule abniesen! Und trotzdem hört man immer wieder, «Lehrer» wäre ein lauer Job. Wer so was sagt, der hat eben nie am eigenen Leib erfahren, was der Unterschied zwischen Pharyngitis und Laryngitis ist – womöglich sogar mit zeitweiliger Aphasie.

Aber das Schlimmste am Schnupfen überhaupt sind die vielen gutgemeinten Ratschläge, die man über sich ergehen lassen muß: feuchte Fußwickel, Milch mit Honig, lange Angora-Unterhosen und was noch alles.

Das Fräulein Müller-Siebenknick zum Beispiel schwört auf Kamillendampfbäder – kennen Sie vielleicht: Schüssel mit kochendem Kamillensud auf den Tisch, Handtuch über den Kopf und dann tief einatmen.

«Da wird der Kopf schön frei», sagt sie. Ich wollte schon sagen: Lieber einen Schnupfen als Verbrennungen zweiten Grades, aber in dem Moment sah ich ihr wie zufällig ins Gesicht und hab es doch lieber gelassen, weil ich immer sage: Nur kein Ärger mit Kolleginnen, nuur kein Ärger! Schon gar nicht, wenn sie zu heiß gebadet haben.

Und dann immer unser Sportkollege Kreuzbein mit seiner nervend stabilen Gesundheit.

«Schnupfen!» ist er immer am Tönen, «Schnupfen ist für mich praktisch ein Fremdwort. Jeden Morgen zehn Minuten kalt duschen, eine halbe Stunde Waldlauf in klarer Winterluft, dann in die Sauna, und anschließend nackend in eine Schneewehe springen. Das täte Ihnen auch mal gut, Herr Hinlegen, das hält der stärkste Schnupfen nicht durch!»

Und raten Sie mal, wer letztens mit rotgeriebenem Riechkolben röchelnd und bellend ins Lehrerzimmer geschlichen kam: Richtig! Der Kreuzbein.

«Sie und Schnupfen», sag ich, «da ist bei Ihnen zu Hause wohl das kalte Wasser ausgefallen!»

Ich wollte ihn gerade schon kollegial auf ein kaltes Bad zu uns nach Hause einladen, da zupfte mich der Monsignore Stramm am Ärmel.

«Herr Hinlegen», flüsterte er, «wenn Sie nachher einen Moment Zeit haben, dann kommen Sie doch mal in die Bibliothek. Ich habe nämlich ein Geheimmittel gegen Schnupfen.»

Ich war natürlich gespannt wie ein Flitzebogen, und als ich mich die nächsten zwei Stunden durch Auerbachs Keller und den zerbrochenen Krug gehustet hatte, bin ich sofort in die Bibliothek gelaufen. Der Monsignore hatte schon alles vorbereitet:

«Ich habe hier einen ausgezeichneten Kräuterlikör, eine Sonderabfüllung vom Kloster Reichenstein; den Abt kenne ich noch vom Adolphinum. Da gebe ich Ihnen mal ein Fläschchen mit nach Hause. Sie müssen nur folgendes beachten: Das erste Gläschen ganz kalt trinken, und wenn Ihnen dann heiß wird, dann trinken Sie zwei Gläschen warm, und wenn Ihnen dann wieder kalt wird, dann schnell noch drei auf der Bettkante, und sofort unter die Decke. Das sieben Tage lang, und der Schnupfen ist wie weggeblasen.»

Das habe ich auch streng befolgt, und siehe da, es hat geholfen. Wie sagte der Monsignore so richtig:

«Ohne Medizin dauert so'n Schnupfen sieben Tage, mit Medizin nur eine Woche!»

Man muß eben den richtigen Medizinmann kennen.

Tschö wa!

Brikett und Printen

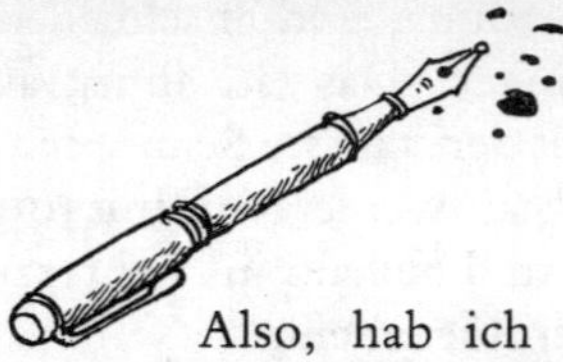

Also, hab ich Ihnen eigentlich schon von unserer diesjährigen Weihnachtsfeier im Kollegium erzählt? Das ist immer ein Höhepunkt im kulturellen Leben unserer altehrwürdigen Anstalt.

Wie üblich mußte jeder Kollege ein geschmackvoll verpacktes Geschenk bei unserer Sekretärin, dem Fräulein Schwiemel, abgeben, das wurde dann hinterher verlost. Sie müssen sich das so vorstellen: In der Mitte des Lehrerzimmers wurde eine schiefe Kiefer aufgestellt – es soll ja nicht heißen, ausgerechnet das Karl-Heinz-Plum-Guminasium, wie scherzhaft in den Wald zu rufen, und so schallt es dann ja auch, ich nicht müde werde, hätte dem Waldsterben tatenlos zugesehen. Der Hausmeister hatte schon Mühe gehabt, einige Stellen an der armen Pflanze zu finden, an denen er die Kerzen festklemmen konnte, insgesamt sechs, man soll es ja auch nicht übertreiben.

Und dann ergoß sich das peinliche Gelabere unseres Herrn Direktors über die hilflos herumsitzenden Menschen: Die Welt sei voller Krieg und Gewalt und Krebs und Aids und Lehrerarbeitslosigkeit – nur hier am Karl-Heinz-Plum-Guminasium, da wäre noch Frieden, und wir könnten froh sein, daß wir einen gesicherten Arbeitsplatz hätten, den bekämen wir so schnell nicht noch mal.

Mir war schon schlecht, als die Verlosung der Geschenke anfing. Aber das Brikett kriegte diesmal nicht ich, sondern der Kunstkollege Neuner, der so viel mit Holz arbeitet.

«Damit kann er sich ja einen brennen», sagte der Monsignore Stramm. Offensichtlich hatte Hochwürden bereits wieder was für seinen Kreislauf getan. Es roch jedenfalls danach.

Und wie es bei Verlosungen so geht: Der Bodenreck, Sie erinnern sich, mein Intimfeind, der immer alle beim Skat bescheißt und denkt, es merkt keiner, der bekam das Pflanzenschutzmittel, Fräulein Müller-Siebenknick, unsere zarte Musikpädagogin, ein strenges Aftershave, und der Nagellack blieb am Kleineidam hängen, da kann er ja demnächst in der Oberstufe als Lackaffe reüssieren, dieser Schönling.

Wir hatten alle schon eine halbe Terrine Glühwein intus, da geriet ich mit Fräulein Schwiemel in eine Diskussion über das Geschlecht des Printenmannes, den sie bekommen hatte. Das wäre eindeutig eine Printenschwester, meinte sie, da bräuchte man doch nur genau hinzusehen.

«Leider haben Sie das Corpus delicti ja schon abgebissen», hab ich mal einfach behauptet.

«Aha», sagt sie, «das war ein Corpus delicti – schmeckte aber eher wie Printe.»

In diesem Moment packte unser Herr Direktor sein Geschenk aus:

«Oh, ein Buch», begann er zu salbadern, «geistige Nahrung für die stillen Tage.» Hätte er doch bloß den Mund gehalten und erst mal den Titel gelesen: «Der Furz. Europa auf dem Pulverfaß».

«Genau das Richtige für einen Politologen», rief der Monsignore fröhlich.

Ich sage Ihnen, so sauer hab ich unseren Direx überhaupt noch nie gesehen. Den ganzen Abend versuchte er rauszukriegen, wer ihm dieses windige Druckerzeugnis untergeschoben hatte.

Normalerweise hätte ich mich natürlich sofort gemeldet – allein schon wegen der vielen Arbeit. Was glauben Sie, wie viele Abende ich dafür gebraucht habe, den Buchumschlag zusammenzukleben? Und dann die Qual der Wahl! Ich hatte nämlich noch eine Reihe von schönen Untertiteln auf dem Tisch liegen, zum Beispiel:

«Von der Windhose zum Düsenjäger – Eine Kulturgeschichte zur Essenz der Flatuleszenz»; oder:

«Knallgas heute – Alternative Energieformen im Vormarsch».

Aber ich hab dann doch lieber den Mund gehalten. Nur kein Ärger mit der Direktion, nuur kein Ärger! Schon gar nicht wegen so 'nem Furz.

Tschö wa!

Wolfgang Körner

Der einzig wahre Anlageberater
Rockefellers Kopfkissenbuch
(5954)

Der einzig wahre Ehe-Berater
Verheiratet und trotzdem glücklich
(12614)

Der einzig wahre Karriere-Ratgeber
Über Leichen zum Erfolg
(12164)

Der einzig wahre Opernführer
(5648)

Der einzig wahre Patienten-Berater
Vom Kreißsaal bis zur Intensivstation
(12324)

Der einzig wahre Schauspielführer
Das klassische Erbe
(5821)

Büro, Büro
Der Roman zur Fernsehserie
(12469)

spiel + freizeit

Eine Auswahl

Hajo Bücken/Dirk Hanneforth
Klassische Spiele ganz neu
Varianten und Verschärfungen von Dame bis Domino (8901)

Dirk Hanneforth/Andreas Mutschke
Ärger-Spiele
Varianten und Verschärfungen von Mensch-ärgere-dich-nicht bis Malefiz (8905)

H.P. Karr
Mord!
Kriminalstories zum Selberlösen (8908)

Uta Knigge
Packwahn oder Die Kunst des Einwickelns
(8903)

Uschi Neidhardt
Spiele, Bluffs und Knobeleien
Spaß mit Bierdeckeln, Streichhölzern und anderem Kleinkram (8900)

Bernhard Schön
Rallyes mit Köpfchen
Unterwegs auf rätselhaften Spuren (8906)

Horst Speichert
Kopfspiele
Das unterhaltsame Gedächtnistraining (8902)

Sylvia Winnewisser
Schneiden, falten, fertig!
Mit Papier und Schere durch Himmel und Hölle (8904)

rororo

C 2399/3